BLACKIE BOOKS

BLACKWATER · VI

Lluvia

Michael McDowell (1950-1999) fue un auténtico monstruo de la literatura. Dotado de una creatividad sin límites, escribió miles de páginas, con una capacidad al nivel de Balzac o Dumas. Como ellos, McDowell optó por contar historias que llegaran a todo el mundo. Como ellos, eligió el medio de difusión más popular: el folletín, o novela por entregas, en el caso de los maestros del XIX; el *paperback*, o libro de bolsillo, en el caso de McDowell.

Además de ejercer como novelista, Michael McDowell fue guionista. Fruto de su colaboración con Tim Burton fueron *Beetlejuice* y *Pesadilla antes de Navidad*, además de un episodio para la serie *Alfred Hitchcock presenta*. Considerado por Stephen King como el mejor escritor de literatura popular, y pese a su temprana muerte por VIH, escribió decenas de novelas: históricas, policíacas, de terror gótico, muchas de ellas con pseudónimo. En 1983 publicó la que es sin duda su obra maestra, la saga *Blackwater*, y exigió que se publicara en 6 entregas, a razón de una por mes. El éxito fue arrollador. Ahora, tras el enorme éxito de venta y público en Francia e Italia (con más de 2 millones de ejemplares vendidos), llega a nuestro país.

BLACKWATER

LA ÉPICA SAGA DE LA FAMILIA CASKEY

I. *La riada*

II. *El dique*

III. *La casa*

IV. *La guerra*

V. *La fortuna*

VI. *Lluvia*

MICHAEL MCDOWELL

BLACKWATER · VI

Lluvia

Traducción de Carles Andreu

BLACKIE BOOKS

Título original: *Blackwater. Part VI: Rain*

Edición original publicada por Avon Books en 1983.
Publicado también por Valancourt Books en 2017

Calle Església, 4-10
08024 Barcelona
www.blackiebooks.org
info@blackiebooks.org

Maquetación: David Anglès
Impresión: Liberdúplex
Impreso en México

Primera edición en México: diciembre de 2024
ISBN: 978-607-385-131-2

Resumen

BLACKWATER · V

LA FORTUNA

Tras la muerte de James, la fortuna de los Caskey se multiplica gracias a la gestión de Billy Bronze y a la explotación de petróleo del pantano de Gavin Pond, que Miriam manda perforar por consejo de Elinor. Al terminar la guerra, Early Haskew vuelve a Perdido, para desgracia de Sister, que en un ataque de pánico se cae por la escalera y sufre una grave lesión que la mantendrá inválida en cama. Frances se queda embarazada y da a luz a Lilah, una niña adorable, y a Nerita, una criatura verdosa que esa misma noche suelta en el río Perdido. Al cabo de un tiempo, Frances, cada vez más desconectada de la realidad y más unida a su verdadera naturaleza, decide fingir su muerte para irse a vivir con ella al río.

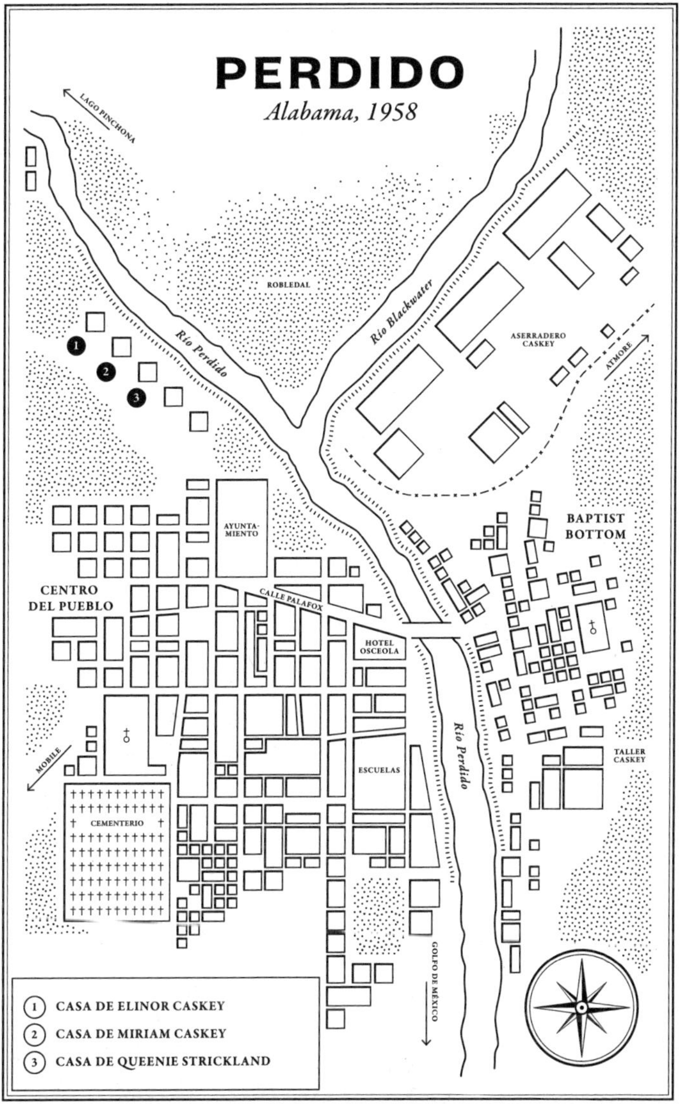
PERDIDO
Alabama, 1958
LAGO PINCHONA
ROBLEDAL
Río Perdido
Río Blackwater
ASERRADERO CASKEY
ATMORE
AYUNTAMIENTO
BAPTIST BOTTOM
CENTRO DEL PUEBLO
CALLE PALAFOX
HOTEL OSCEOLA
MOBILE
ESCUELAS
Río Perdido
TALLER CASKEY
CEMENTERIO
GOLFO DE MÉXICO
1 CASA DE ELINOR CASKEY
2 CASA DE MIRIAM CASKEY
3 CASA DE QUEENIE STRICKLAND

Genealogía
Caskey, Sapp, Snyder y Welles — 1958

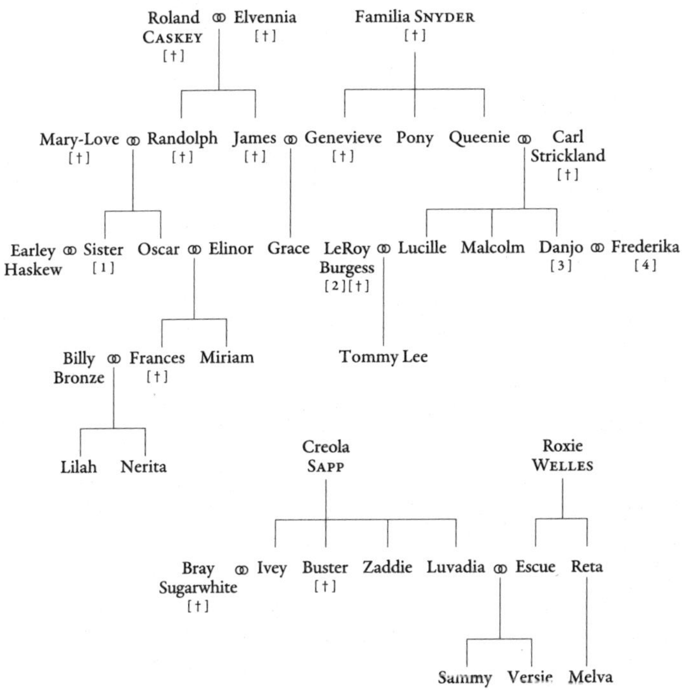

[1] Elvennia
[2] Travis Gann
[3] Daniel Joseph
[4] von Hoeringmeister

Sexta parte

Lluvia

1

El compromiso

Tal vez solo fueran eso: dos ancianas cotilleando, cotilleando sin parar en el dormitorio trasero de una vieja casa, en un rincón remoto de Alabama. En 1958, Sister Haskew, de sesenta y cuatro años, era una mujer tullida, postrada en cama, quejumbrosa, débil, dependiente y exigente. Queenie Strickland tenía sesenta y seis, era una matrona gruesa, afable, bulliciosa, alegre y entregada a la familia. Aunque ambas eran inmensamente ricas, ninguna se paraba a pensar nunca en el dinero que tenía. Queenie era la esclava y la espía de Sister. Queenie se encargaba de traer y llevar lo que hiciera falta. Cada mañana a las seis y cincuenta y cinco, Queenie salía puntualmente de su casa, en el edificio contiguo, para llevarle a Sister la bandeja del desayuno, y a las siete de la tarde devolvía la bandeja de la cena de Sister a la oscura cocina de Ivey y dejaba caer los platos sobre la encimera con un estrépito y un suspiro. Sister nunca habría permitido que Queenie se alejara de su lado si no fuera por la insaciable curiosidad que le generaban los acontecimientos del pueblo, el aserradero y su propia familia. Queenie tenía permitido ir a jugar al bridge, ir de compras, ir a la granja a visitar a su hija Lucille e ir a cenar a la casa de al lado, la de Elinor, solo porque así, cuando volvía al dormitorio mohoso, cerrado y abarrotado de Sister, podía contarle a esta todo lo que había visto y oído. Sister tomaba todos esos retazos de información arbitrarios y sacaba conclusiones y predicciones descabelladas, a lo que Queenie decía: «Sister, te equivocas, eso no va a pasar». Y así era, las predicciones de Sister nunca se cumplían. Llevaba tanto tiempo alejada de la sociedad que casi había olvidado cómo funcionaba. Queenie era una informadora incondicional, pero los análisis de Sister nunca acertaban.

La casa donde vivían Sister y Miriam había cambiado por completo su carácter en los últimos doce años. Cuando Mary-Love aún vivía y Miriam era una adolescente, el lugar parecía estar impregnado de un tipo de vitalidad nacido —dirían algunos— de la mezquindad, aunque tal vez solo fuera fruto del empeño y el tesón. La casa había mantenido su presencia entre la residencia de Elinor, mucho más grande, a un lado y la casa de James Caskey, más elegante, al otro. Ahora, en cambio, algo en su aspecto —y en los porches y las ventanas de la planta baja, ocultas detrás de las azaleas y las camelias que crecían desbocadas— sugería que la casa se estaba replegando sobre sí misma, que ya no deseaba competir con sus vecinas, sino más bien retirarse de la contienda. Por dentro olía a viejo. Los muebles seguían siendo los mismos que el día en que había muerto Mary-Love Caskey, veintidós años atrás.

Pero eso no era por reverencia a la difunta, sino porque, por un lado, a Miriam no le importaba lo suficiente el mobiliario como para querer cambiarlo y, por otro, a Sister le gustaba recordar tan a menudo como fuera posible (aunque nunca lo habría admitido, ni siquiera ante sí misma) que Mary-Love estaba efectivamente muerta. Ivey Sapp también era una mujer mayor, tanto como Queenie, y había enterrado a Bray en la primavera de 1957. Quien la ayudaba ahora era Melva, una nieta de Roxie, la cocinera de James. Ivey estaba aún más gorda que Queenie y se pasaba el día sentada en la cocina escuchando la radio y dándole instrucciones a Melva. Solo se desvelaba para preparar los pocos platos que Sister probaba.

Sister había pasado tantos años en cama que la casa entera olía a ella y a su enfermedad, un olor dulzón a lavanda, como las hierbas que usaban los egipcios para rellenar las cavidades de los cadáveres eviscerados. Una persona de temperamento delicado podría haber enloquecido en aquel lugar sin llegar a comprender por qué. Miriam Caskey, que tenía ya treinta y siete años, gozaba de una naturaleza lo bastante robusta como para sobreponerse a la fragilidad de la atmósfera en la que dormía cada noche, aunque tal vez en su habitación, cuya puerta se aseguraba de mantener bien cerrada todo el día, el aire no era tan mórbido.

Aunque Early Haskew nunca había vuelto a por ella, Sister aseguraba que era incapaz de dormirse por las noches hasta que Miriam había comprobado las cerraduras de todas las puertas y ventanas de la planta baja. «Ese hombre llegará hasta mí aunque tenga que trepar por la fachada para lograrlo —exclamaba Sister una y otra vez—. Apoyará una escalera contra la casa y me espiará por la ventana». Miriam se había rendido y ya no replicaba que Early, dondequiera que estuviera, era ya un hombre de sesenta y cuatro años, probablemente muy gordo y poco dado a las proezas atléticas.

Sister y Miriam no estaban unidas. Miriam no podía olvidar que la enfermedad de Sister, aunque en ese momento fuera bastante real, había empezado como una farsa. Después de caer por las escaleras a causa de una ceguera temporal, Sister se había metido en la cama por una supuesta debilidad en las piernas. Y, para evitar a su marido, no había vuelto a salir de esa cama, con la esperanza de que las piernas se le marchitaran y de que Early no pudiera obligarla a abandonar su querido hogar. Miriam se negaba a atender a una mujer que se había convertido voluntariamente en una lisiada. Y Sister, por su parte, sentía que Miriam pasaba demasiado tiempo ocupándose del aserradero y del negocio petrolífero de los Caskey, y demasiado poco cuidándola a ella.

—Soy rica, ¿sabes? —le dijo un día Sister a Queenie—. Tengo tanto dinero que no sé ni qué hacer con él. ¿Y sabes para quién va a ser? Para Miriam, hasta el último centavo va a ser para ella. Se lo he dicho, y ¿cómo me trata a cambio? Como si yo fuera la prima pobre.

—Yo antes era la prima pobre —señaló Queenie.

—Exacto —dijo Sister, asintiendo con la cabeza—, y Miriam me trata como mamá y el resto de la familia solían tratarte a ti, como si fuera una inútil y una gorrona sin clase.

Aquel discurso sorprendió a Queenie, no porque fuera grosero —que desde luego lo era—, sino porque sonaba como algo que podría haber dicho la propia Mary-Love Caskey. La frase dio que pensar a Queenie, que se dijo a sí misma que en el futuro prestaría más atención a los modales de Sister. Después de observar y escuchar con atención, Queenie llegó a la conclusión de que Sister se parecía cada vez más a su difunta madre.

Un día, después de la iglesia, a principios del otoño de 1958, Queenie agarró a Miriam antes de entrar en casa y le dijo:

—Miriam, ¿tú has notado algo distinto en Sister?

—¿Te refieres a que cada día es más exigente?

El verano aún duraba en Alabama, y Miriam se quitó los guantes con alivio. Se libró de los alfileres que le sujetaban el sombrero y se soltó el pelo.

—No —dijo Queenie con el ceño fruncido—. Me refiero a que cada día se parece más a Mary-Love.

Miriam sonrió.

—¿Hasta ahora no te habías dado cuenta? ¿No has visto cómo firma los cheques?

—«Elvennia Haskew». ¿Cómo iba a firmarlos si no? —respondió Queenie, sorprendida.

—No —dijo Miriam, que dio media vuelta, subió hasta el porche superior y se sentó en una mecedora de mimbre; Queenie la siguió—. Hace más o menos un año me llamaron del banco —prosiguió Miriam— porque decían que alguien estaba falsificando los cheques de Sister. Así que fui a echar un vistazo a los cheques que acababan de llegar. Y ahí estaba: «Elvennia Haskew», pero escrito con la letra de la abuela —dijo Miriam, soltando una carcajada—. Me dio un vuelco el corazón y pensé: «Dios mío, ha vuelto de la tumba, ¿qué vamos a hacer?». Las enes eran las mismas y las as al final de las palabras también. Igualitas que las de la abuela. Entonces volví y le dije: «Sister, ¿por qué haces tonterías con tu firma? Los del banco se están poniendo nerviosos». Pero Sister ni siquiera sabía de qué le hablaba, de modo que le enseñé su antigua firma y luego la que acababa de poner en ese cheque. «No veo ninguna diferencia», me dijo, y yo opté por no insistir. Pero ya lo verás, alguna vez pídele que te escriba algo: tiene la misma letra que la abuela, trazo a trazo.

—Tú adorabas a tu abuela —dijo Queenie, aunque los comentarios de Miriam parecían sugerir lo contrario.

—Pues sí —dijo Miriam—. La quería mucho, mucho. Nunca he querido a nadie tanto como a ella. Pero gracias a Dios está muerta, y gracias a Dios nunca volverá. En su día ella dirigía el cotarro, pero ahora la que manda soy yo. Así que es mejor que no tengamos que pelearnos.

—Si Mary-Love estuviera viva no se pelearía contigo —dijo Queenie—. Seguiría peleándose con Elinor. A ti te dejaría en paz.

—No —repuso Miriam—. Pensaría que soy una arrogante y trataría de someterme. Lo mismo que Sister. Sister piensa que soy una arrogante por dirigir la fábrica como lo hago. Da igual todo el dinero que genere: no le presto suficiente atención, no estoy pendiente de ella como tú.

—A mí no me importa hacerlo —dijo Queenie.

—Ya lo sé, pero a mí sí me importaría. Bueno, no, porque no lo haría. Sister está así porque se lo ha buscado, Queenie, lo sabes perfectamente. Se cayó por las escaleras hace once años. Podría haberse levantado en unas semanas, pero todos estos años después sigue obligando a otras personas a encargarse de ella, personas que tenemos mejores cosas que hacer con nuestras vidas. Yo la quiero mucho, me educaron para quererla. La querré hasta el día en que se muera y se hunda entre sus cinco colchones de plumas y sus siete almohadas. Pero nunca pienso decirle: «Sister, siento que estés lisiada» o «Sister, siento que estés sola aquí arriba». Y ella sabe que no debe pedírmelo.

En ese momento Lilah salió de la habitación contigua y se acercó a ellas. Miriam sonrió y le tendió las manos a su sobrina de once años. Lilah subió los escalones.

—La abuela dice que la cena estará lista en quince minutos y que vengas cuando quieras.

Queenie, cuyo apetito no flaqueaba por muchos años que cumpliera, se levantó de inmediato.

—¿Vienes? —le preguntó a Miriam.

—Miriam —dijo Lilah rápidamente—, ¿me acompañas arriba y me dejas ver tus joyas?

—Te enseñaré algunas —dijo esta—. Y también dejaré que te pruebes algunas cosas.

Así que Miriam y Lilah entraron en casa y Queenie cruzó el patio de arena hasta la casa de Elinor con la esperanza de encontrar algo para picar en la cocina antes de que todos se sentaran a comer.

—¿Quién va? —preguntó Sister cuando oyó pasos subiendo las escaleras.

—¡Soy yo! —dijo Miriam—. ¡Y Lilah!

—¡Lilah! ¡Ven a hablar conmigo!

Lilah cruzó el pasillo, se asomó a la habitación de Sister y gritó, rebosante de emoción:

—¡Ahora no puedo! ¡Miriam va a dejar que me pruebe algunas de sus joyas!

—Pues te las pruebas y luego vienes aquí y me las enseñas.

Lilah volvió corriendo a la habitación de Miriam. Temía haberse perdido lo que para ella era la mejor parte, cuando esta abría el cajón de las joyas, pero no era así. De pie ante la cómoda, sonriendo, Miriam le dijo:

—Hoy te lo dejaré hacer a ti.

Lilah se arrodilló y extrajo con reverencia el cajón inferior de la vieja cómoda. Dentro había nueve joyeros, cada uno de un tamaño diferente, cada uno de una época diferente, cada uno de una textura diferente. Para Lilah, eran tan distintos como nueve personas distintas esperando en la cola del banco. Y estaban todos llenos de tesoros.

—¿Cuál quieres mirar? —preguntó Miriam.

Lilah señaló la caja central de la pila de la derecha.

—Esta —dijo.

Miriam se sacó una llavecita del bolsillo y se acercó a un cofre peculiar que había en la esquina de la habitación. Era tan alto como ella e igual de estrecho, y tenía un espejo en la puerta. A Lilah le encantaba aquel cofre vertical, nunca había visto uno igual. Dentro había una docena de estantes estrechos en los que Miriam guardaba todas las cosas que nadie más podía ver. En el estante superior no había más que llaves, cientos y cientos de llaves que solo Dios y Miriam sabían qué cerraduras abrían. Sin dudarlo, Miriam sacó una anilla llena de llaves diminutas de la parte de atrás e introdujo infaliblemente una en la cerradura del cofre que Lilah había elegido. Este se abrió al instante.

En el interior había un montón de pendientes desordenados: esmeraldas, rubíes y diamantes; perlas con engastes dorados; diminutos pendientes de oro con diseños delicados en forma de estrellas, barcos y caballos; elegantes perlas antiguas que Lilah no había visto nunca: macizas, con filigranas de metal y una variedad de piedras; sobrias joyas modernas hechas con perlas negras individuales... Metió las manos en la caja y sintió en la piel el pinchazo de los afilados broches, alfileres y piedras cortadas, pero el dolor le produjo una gran emoción. Parecía imposible que cada una de aquellas piezas tuviera su pareja en algún lugar de aquella maraña de gemas, pero Miriam le aseguró que así era.

—Nunca compro piezas sueltas —le dijo— y nunca pierdo nada, o sea que están todas ahí, en alguna parte.

—¿Quieres que las empareje?

—¿Para qué? —preguntó Miriam—. Las meteríamos de nuevo en la caja y volverían a mezclarse. Además, seguramente Queenie estará a punto de morirse de hambre. Elige un par de pendientes y pruébatelos.

Lilah no llevaba las orejas perforadas, por lo que tuvo que buscar unos con broche de presión. Encontró unos con una piedra roja maciza de corte cuadrado.

—¿Qué es esto?

—Rodolita. Es de Sudáfrica. Las compré en la Quinta Avenida de Nueva York en 1953.

Miriam metió la mano en la caja y al instante sacó la pareja. Lilah ni siquiera estaba segura de que la hubiera buscado, parecía haberla encontrado solo mediante el tacto. Miriam colocó los pendientes en las orejas de su sobrina. Pesaban una barbaridad y le tiraban de los lóbulos.

—¿Cómo me quedan? —preguntó Lilah, mirándose en el espejo.

—Muy graciosos —dijo Miriam—. Anda, ve a enseñárselos a Sister. Y date prisa, me ha estado rugiendo el estómago durante todo el sermón matutino.

—Ya lo sé —dijo Lilah, que salió corriendo por la puerta—. Lo he oído.

La niña cruzó el pasillo y entró en la habitación de

Sister. Se acercó a la cabecera de la cama y giró la cabeza hacia un lado y hacia el otro para que esta pudiera admirar las joyas.

—Son preciosas —dijo Sister—, y tú también, cariño.

—Gracias.

—Miriam nunca deja que nadie más que tú se pruebe sus joyas.

—¡Tiene muchísimas! —susurró la niña.

—Me sorprende que podamos permitirnos comer en esta casa —dijo Sister en tono severo—, con lo que Miriam gasta en esa quincalla.

—¡No es quincalla!

—¡Lo es si nadie se lo pone nunca! Probablemente sea la primera vez que alguien usa esos pendientes desde que los compró.

—Pero tengo que quitármelos —dijo Lilah con un suspiro.

—¡Lilah! —gritó Miriam desde el pasillo—. ¡Nos tenemos que ir!

Lilah se volvió hacia la puerta, pero Sister sacó la mano de debajo de la colcha y la agarró del brazo.

—Tu papá se siente solo —dijo en voz baja.

—¿Cómo?

—Tu papá se siente solo desde que tu mamá se ahogó en el Perdido.

—De acuerdo... —aceptó Lilah tímidamente, también en voz baja.

—Fue hace dos años, ¿verdad? En mayo hizo dos años.

—Sí.

—Me sorprende que no se haya casado aún.

—¿Casarse? ¿Con quién iba a casarse papá? —preguntó Lilah sorprendida.

Sister clavó los ojos en Lilah y luego dirigió una mirada misteriosa hacia la puerta. Lilah siguió esa mirada sin comprender.

—¿Con quién? —volvió a preguntar.

Sister asintió con la cabeza, pero no quiso hablar.

—¿Quieres decir que papá se podría casar con Miriam?

—¿Con quién si no?

—¡Papá no se va a casar con Miriam! —exclamó Lilah—. ¿Quién te ha dicho eso?

—No me lo ha dicho nadie, ni falta que hace. Todos creéis que porque estoy confinada en mi cama de dolor no sé nada, que no veo nada. Pero sé y veo muchas cosas. Queenie me cuenta todo lo que necesito saber. Tengo visitas. Tengo mis propios ojos para mirar por esta ventana. Y tengo todo el tiempo del mundo para atar cabos. Me sorprendería mucho si dentro de poco no tuvieras una nueva mamá.

—No me lo creo, Sister —dijo Lilah—. Se lo voy a preguntar a Miriam.

—Si lo haces, lo negará. No querrá darme la satisfacción de admitir que tengo razón. Pero un día de estos vas a volver de la escuela y tu papá te dirá: «Lilah, cariño, Miriam y yo nos hemos escapado juntos y nos hemos casado». Ya lo verás.

—Sigo sin creérmelo.

—¿No quieres esos pendientes?

Sister pasó un dedo huesudo por la oreja izquierda de Lilah, que se estremeció.

—Sí, claro que sí.

—Si Miriam se convierte en tu madre, cuando ella muera serán tuyos. Heredarás una fortuna en piedras preciosas.

Lilah no parecía nada convencida con las predicciones de Sister. Miriam volvió a llamarla.

—Me tengo que ir —dijo Lilah, apartándose.

Sister le dirigió una sonrisa de complicidad y le soltó el brazo. Lilah salió corriendo de la habitación. Miriam, que la esperaba en el pasillo, le quitó los pendientes de las orejas y se los metió en el bolsillo.

—Elinor nos va a matar —le dijo a Lilah—, o sea que andando.

Perdido era de la opinión de que Billy Bronze no había llorado lo suficiente la muerte de su esposa. Frances Caskey se había ahogado en el Perdido una noche de tormenta de la primavera de 1956, mientras Billy se encontraba fuera del pueblo. Habían dragado brevemente el Perdido, más arriba y más abajo de la confluencia, pero el cuerpo de Frances no apareció. Elinor se había encargado de darle a Billy la noticia sobre la muerte de Frances:

—Fue a nadar, Billy, como siempre. Pero esta vez no volvió.

—Desde luego, no parece propio de Frances ahogarse —respondió Billy—. Nunca he conocido a nadie que nadara mejor que ella. Pero dices que esa noche hubo tormenta. A lo mejor le cayó un rayo.

El duelo de Billy fue discreto: siguió yendo a trabajar como siempre, sus rutinas no cambiaron, no perdió el apetito y nunca parecía estar absorto. Pero ahora dormía solo por la noche, y esa parecía ser la principal diferencia en su vida. Perdido se percató de aquella aparente indiferencia por parte de Billy y lo juzgó bajo una luz desfavorable, pero los Caskey lo defendieron. Con una o dos palabras discretas aquí y allá, Elinor y Queenie se encargaron de recordarle al pueblo lo distante que se había mostrado Frances durante los últimos años de su vida, cómo había empezado a ignorar tanto a su marido como a su hija y cómo parecía no importarle nada más que el río.

Aunque se hubiera ido alejando de su esposa, Billy siempre había mantenido la buena sintonía con el resto de la familia, una relación que tampoco cambió con la muerte de Frances. Billy siguió viviendo en la casa familiar, con sus suegros, Elinor y Oscar, sin ninguna intención de mudarse a otro lugar. En una ocasión, Oscar señaló que el hecho de que el cuerpo de Frances nunca se hubiera encontrado podía generar alguna complicación.

—¿Qué tipo de complicación? —preguntó Billy.

—Bueno —respondió Oscar, incómodo—, en caso de que quisieras volver a casarte...

—¡Casarme! —dijo Billy, con una carcajada—. ¿Con quién demonios iba a casarme, Oscar?

—No lo sé —dijo su suegro—, pero podría haber alguien, algún día. Ahora mismo no lo veo, es verdad, pero podría ocurrir. Algún día.

Billy volvió a reírse.

—Elinor no me lo permitiría —dijo, y se encogió de hombros en un gesto de lo más elocuente, como diciendo: «Y yo tampoco querría que lo hiciera».

La relación entre Billy y Miriam durante esos dos primeros años de viudedad tampoco cambió. Eran igual de amigos, igual de íntimos e igual de profesionales que siempre. Hasta que se le ocurrió a Sister, nadie había pensado que pudiera existir la posibilidad de un matrimonio entre Billy Bronze y su cuñada. Lilah no tenía claras las posibles consecuencias de esa unión, aunque sospechaba que podían ser negativas. Así pues, un día fue a ver a su abuela y le dijo:

—¿Se van a casar papá y Miriam? Y, si lo hacen, ¿significa eso que me quedaré automáticamente con todas las joyas de la tía cuando se muera?

—¿De dónde has sacado esa idea? —le preguntó Elinor a su nieta.

—Me lo dijo Sister. Según ella, es cuestión de tiempo que papá y Miriam se escapen juntos. ¿Van a vivir aquí o en la casa de al lado?

—No quiero oír ni una palabra más sobre este asunto —dijo Elinor—. No es apropiado.

—¿No es apropiado? —preguntó Lilah, desconcertada.

—No, no es apropiado —repitió Elinor, y de momento ese fue el final de la historia para Lilah.

Pero no para Elinor, que abordó a Oscar y le preguntó:

—¿Tú has oído algo de que Billy se vaya a casar con Miriam?

Oscar no había oído nada de eso, ni tampoco lo habían hecho Queenie, ni Lucille, ni Grace, ni Zaddie, ni Ivey. Elinor llamó a Sister.

—¿De dónde sacaste semejante idea, Sister? —preguntó.

Esta se recostó con gesto de suficiencia en sus almohadas y, con aire misterioso, dijo:

—Yo sé de qué hablo...

Elinor fue a hablar con su marido, contrariada.

—Oscar, tienes que hablar con Miriam —dijo—. Eres la única persona de la familia a quien va a escuchar.

—Pero ¿qué importancia tiene que Billy se case con Miriam o no? —preguntó Oscar.

—No estoy segura —admitió Elinor—, pero en cualquier caso deberíamos tratar de averiguarlo.

Esa noche, durante la cena, mientras Zaddie quitaba la mesa antes del postre, Oscar se aclaró la garganta y dijo:

—Miriam, ¿puedo hacerte una pregunta sin que me saltes al cuello?

—No lo sé —dijo Miriam, que no iba a dejarse atrapar tan fácilmente—. Tal vez. O tal vez no. ¿Cuál es la pregunta?

—Bueno... —dijo Oscar en tono vacilante—, tal vez debería preguntárselo a Billy.

Billy miró primero a Oscar y luego a Miriam.

—Sí, claro, pregunta —dijo—. Yo no voy a enfadarme.

—En ese caso os lo preguntaré a los dos —dijo Oscar, pero entonces le entraron las dudas. Zaddie estaba de pie en la puerta, con una pila de platos en cada mano.

—Vamos, señor Oscar —dijo—, antes de que se me rompan todos estos platos.

—Nos preguntábamos...

—¿Quién se lo preguntaba? —quiso saber Miriam.

—Todos —soltó Malcolm, y se sonrojó.

—Pero ¿qué es lo que os preguntabais? —dijo Billy.

—Nos preguntábamos si tenéis pensado escaparos y casaros.

Billy y Miriam se miraron con asombro.

—¿En serio habéis estado dándole vueltas a eso? —dijo Miriam tras unos instantes de silencio atónito.

—¿Miriam y yo? —graznó Billy.

—Lo dijo Sister —exclamó Queenie.

—A Sister se le ha olvidado que hay otro mundo al otro lado de ese pasillo —dijo Miriam bruscamente.

—Entonces ¿no vais a casaros? —preguntó Lilah.

—Pues claro que no —le aseguró Miriam—. Esa es la tontería más grande que he oído en mi vida. ¿Por qué demonios iba a querer casarme con Billy?

—Bueno, estáis siempre juntos —dijo Queenie—. Y Billy se siente solo y triste, sin Frances. De cualquier modo, andáis siempre de viaje juntos, así que bien podríais estar casados. Billy nunca se casaría con una mujer que no fuera una Caskey y tú no te tomarías la molestia de ir detrás de un desconocido.

—Eso es lo que cree Sister —añadió Elinor.

—Bueno, pues está totalmente equivocada —dijo Miriam—. No puedo hablar por Billy...

—Sí, sí puedes —se apresuró a decir este.

—... pero nunca hemos pensado en casarnos, y no vamos a hacerlo ahora.

—Echo de menos a Frances —dijo Billy—, pero tengo a Lilah para hacerme compañía. No necesito otra esposa. Y jamás se me ocurriría traer a una mujer de la que no supierais nada.

—De todos modos, yo tampoco iba a aceptarla —soltó Elinor.

—Lo sé —dijo Billy—, y no voy a renunciar a todos vosotros solo para tener a alguien que me caliente los pies por las noches.

Así pues, otra de las predicciones de Sister resultó fallida y la familia suspiró de alivio. Ni siquiera estaban seguros de por qué estaban aliviados, pero lo estaban. Zaddie retiró los platos y sacó el café, más platos y más tenedores, y luego sirvió una tarta de moras recién salida del horno, acompañada por helado de melocotón.

Elinor se sirvió el café y lo pasó. Alrededor de la mesa la conversación había cambiado, pero Miriam estaba ausente y silenciosa. Dio vueltas y más vueltas a su taza en el plato y lanzó una mirada malhumorada alrededor del comedor. Finalmente, en un momento en que la conversación decayó, levantó la vista y comentó:

—Además, Billy y yo no podemos casarnos.

—¿Por qué no? —preguntó Queenie, cuyo objetivo principal en la vida era mantener las conversaciones vivas—. ¿Porque aún no han declarado legalmente muerta a Frances?

—No —contestó Miriam—. Porque ya estoy comprometida.

2

Aplázala

Miriam miró alrededor de la mesa.

—Bueno —dijo después de una pausa—, ¿nadie se va a molestar en preguntarme con quién? ¡Ni que se casara una todos los días!

Todos los comensales se habían quedado boquiabiertos. Si no era con Billy, ¿con quién iba a casarse Miriam?

—¿Con quién te has comprometido? —dijo finalmente Queenie.

—Miriam, nos alegramos mucho por ti, sea quien sea, pero...

—¿Pero qué? —dijo Miriam.

—¡Pero no teníamos ni idea! —dijo Oscar.

Miriam se encogió de hombros.

—Yo tampoco. Acabo de decidirlo ahora mismo. Si tanto queréis que me case, supongo que tendré que casarme.

—¿Se lo has dicho ya al hombre? —le preguntó Elinor.

—Aún no —dijo Miriam—. Quizá debería hacerlo ahora mismo.

Miriam se volvió hacia el otro lado de la mesa, donde estaba Malcolm, que había estado en silencio y con los ojos muy abiertos durante todo el proceso.

—Malcolm, acepto tu propuesta —dijo. A continuación, miró a Queenie, sentada junto Malcolm, y luego a Elinor, a la cabeza de la mesa—. ¿Quién quiere encargarse de organizar la boda?

Queenie agarró el brazo de su hijo por debajo del mantel.

—¡Malcolm! —siseó—. ¿Cómo se te ocurre pedirle a Miriam que se case contigo?

—Se casa conmigo por mi dinero, Queenie —dijo Miriam, imperturbable—. Y porque siempre le digo lo que tiene que hacer. Y porque me quiere, supongo. Malcolm necesita a alguien que lo mantenga a raya, y tú no vas a estar siempre ahí. Estás ya mayor, Queenie.

—Lo sé —respondió esta—. Pero ¿y tú? ¿Por qué aceptas?

—Porque seguramente me convenga casarme —dijo Miriam—. Y porque Malcolm me lo pidió, y porque todos sabéis que no estoy dispuesta a aguantar a alguien que vaya a causar el menor problema. Y porque, Malcolm —añadió Miriam, mirando a su nuevo prometido al otro lado de la mesa—, tú vas a seguir haciendo lo que yo te diga, ¿verdad?

—Sí, señora —dijo él con una sonrisa exagerada—. ¡Mamá, me estás haciendo daño!

Queenie le soltó el brazo.

—Queenie y yo nos encargaremos de la boda juntas —anunció Elinor con solemnidad—. Miriam, creo que has tomado una sabia decisión. No necesitamos a ningún extraño en esta familia.

Al decir eso puso una mano sobre la de Billy Bronze, sentado a su lado, como para asegurarle que no pensaba en él en esos términos.

Lilah, que estaba sentada al otro lado de su padre, lo miró y susurró:

—Papá, ¿estás decepcionado?

No quería que nadie más en la mesa oyera su pregunta, pero lo hicieron todos. Billy se echó a reír y la rodeó con el brazo.

—¡Por Dios, claro que no! —exclamó—. ¡Ya tengo a Miriam encima todo el día en el trabajo! ¿En serio crees que además quiero vivir con ella? Malcolm, ¡no sabes lo que te espera!

Pero Malcolm sonrió.

—Voy a cumplir cuarenta años el mes que viene. Y Miriam cumplirá treinta y siete en primavera. Ya es hora de sentar cabeza.

—Ya es casi demasiado tarde para tener hijos —suspiró Queenie—. Esperaba tener otro nieto. Aunque, Miriam, si os pusierais manos a la obra...

—No quiero oír ni mu sobre hijos, Queenie —zanjó Miriam—. Como vea un bebé en mi casa, usaré su cocorota como alfiletero. Malcolm, no dejes que Queenie te meta en la cabeza ideas sobre darle nietos; ¡a mí nadie me va a obligar a llevar ropa de embarazada!

—Malcolm —preguntó Oscar—, ¿dónde pensáis vivir tú y Miriam?

—Ay, Oscar, a mí no me preguntes esas cosas, yo

también me acabo de enterar. Si quieres información, pídesela a Miriam. Miriam —preguntó tímidamente Malcolm—, ¿has pensado dónde quieres que vivamos?

—Todavía no lo sé —respondió ella—. Sister no tiene muy buena opinión de ti, y no sé cómo se tomaría que te mudaras a su casa. Y a tu madre no le haría mucha ilusión tener que lidiar conmigo. —Queenie estaba a punto de protestar, pero Miriam la cortó—. No te molestes en dorarme la píldora, Queenie, porque nadie en esta mesa te creería.

—No iba a pedirte que vinieras a vivir conmigo, Miriam. Solo quería preguntarte si ya has hablado de todo esto con Sister.

—Pues no —dijo Miriam, levantándose de la silla—. Imagino que será mejor que lo haga ahora mismo. Decidle a Zaddie que me guarde un poco de café caliente. No sé cuánto tardaré en volver.

A Sister aquella idea no le gustó ni una pizca. Miriam estaba sentada en una silla junto a la puerta, jugueteando con el dial de la radio sin encender el aparato. Sister no podía parar de despotricar.

—¡Creía que ibas a casarte con Billy! —gritó—. ¡Billy es un hombre! Malcolm Strickland es un zángano, no ha hecho nada a derechas desde el día en que Queenie Strickland puso un pie en Perdido. La primera vez que vi a Malcolm fue en el funeral de Genevieve, y le dije a mi madre: «Mamá, ese niño no hará nada bueno en la vida». Si no pasó toda su juventud entre rejas fue solo gracias a James y a Dollie Faye Crawford. Y si no fuera por ti y por Billy, seguiría detrás del mostrador de un restaurante de barbacoa en Mississippi. La intervención de todos los Caskey es lo único que explica que ese chico no se haya metido en ningún lío durante los últimos diez años.

—Malcolm ya no es un niño, Sister; va a cumplir los cuarenta el mes que viene.

—¿Y qué ha hecho de bueno en todo ese tiempo?

—No tiene que demostrar nada. Todos somos ricos y perfectamente capaces de velar por él. Y Malcolm nos es de gran ayuda, ya lo sabes. Hace muchas cosas útiles: mantiene los tejados en buen estado, sale a comprar bombillas... La semana pasada, sin ir más lejos, vino a casa para matar un murciélago que se había colado por la chimenea. Te alegraste mucho de verlo.

—Bueno, a matar murciélagos no lo gana nadie —dijo Sister en tono sarcástico—. Pero no sé si eso es una gran carta de recomendación cuando se trata de un matrimonio.

—He conocido a muchos hombres que no sabrían hacer ni eso —dijo Miriam—. En cualquier caso, tu opinión me trae sin cuidado, Sister: he decidido casarme con Malcolm y eso es lo que voy a hacer.

—¿Cuándo te lo pidió? —preguntó Sister al cabo de un momento. La curiosidad se había impuesto al disgusto.

—La semana pasada. El mes pasado. El año pasado. Malcolm lleva diez años pidiéndome que me case con él. Me trae el correo por la mañana y dice: «Buenos días, Miriam. ¿Quieres casarte conmigo?».

—¿Y por qué le has dicho que sí justo ahora?

—Porque el otro día miré mi partida de nacimiento, vi la edad que tenía y pensé: «Ya va siendo hora, Miriam». Y luego un día entré aquí, vi lo vieja que estás tú, Sister...

—¡Lo vieja que estoy!

Miriam asintió.

—... y pensé: «Un día de estos Sister se va a morir y te vas a quedar sola».

Aquel comentario despreocupado sobre su propia mortalidad sumió a Sister en un silencio horrorizado. Cuando por fin habló, lo hizo con voz débil.

—Miriam, haz el favor de dejar de toquetear la radio —dijo, cambiando de tema—. Me estás volviendo loca.

Miriam apartó la mano del dial y luego, mirando por la ventana, siguió hablando:

—Nunca he vivido sola. Empecé a pensar en cómo sería estar en esta casa sola y creo que no me gustaría. Seguramente me volvería loca. Y estoy demasiado ocupada para perder el tiempo volviéndome loca.

—Entonces, ¿por qué no has esperado a que yo me muriera antes de casarte? —preguntó Sister—. Así no habrías tenido que lidiar con Malcolm hasta quitarme de en medio.

Miriam se rio.

—Ay, Sister, tú ya no me molestas. Y Malcolm tampoco.

—Creo que no quiero a Malcolm Strickland en esta casa —dijo Sister—. Sus pisadas son demasiado fuertes.

—Entonces nos mudaremos a la casa de al lado, con Queenie, y te dejaremos aquí sola.

—¡No! —exclamó Sister, repentinamente aterrada—. Miriam, ¿por qué no pospones el matrimonio por un tiempo?

—¿Hasta que te mueras?

—No —respondió Sister, un poco más calmada—, hasta que me haga a la idea. Solo será un tiempo, Miriam. Vivo confinada en esta cama y se me hace muy difícil cambiar. No puedo ni imaginar que te vayas a casar. ¡Todavía eres mi niña!

Miriam se apartó de la ventana y sonrió.

—¿De qué te ríes? —le preguntó Sister.

—De ti. Estás intentando que posponga mi boda, igual que la abuela intentó que tú pospusieras la tuya con Early.

—¡Mamá tenía razón! ¿No ves el lío en el que me metí? ¡Si le hubiera hecho caso, hoy sería una mujer feliz! Así que hazme caso y aplaza la boda. Solo por un tiempo, hasta que hayas tenido ocasión de pensártelo un poco más.

—No —dijo Miriam, tajante, dirigiéndose hacia la puerta—. He tomado una decisión y no hay más que hablar.

Y, efectivamente, no hubo más que hablar. La capacidad de los Caskey para asombrar a Perdido parecía inagotable. El anuncio del compromiso entre Malcolm Strickland y Miriam Caskey dejó pasmado al pueblo entero. Hasta entonces había habido dos teorías en cuanto a Miriam y el matrimonio: la mitad del pueblo pensaba que terminaría casándose con Billy Bronze y la otra mitad estaba segura de que no se casaría nunca. Pero que se casara con Malcolm Strickland era una posibilidad que no se le había ocurrido a nadie. La única explicación posible que se le ocurrió a Perdido fue que Malcolm la hubiera violado y que Miriam estuviera embarazada.

Miriam, que no era una mujer hecha para largos compromisos, anunció que la boda se celebraría dos días después de Navidad, una fecha que eligió por la razón práctica de que ya se había despejado el calendario para aquellas fechas festivas.

—No pienso llamar a nadie en Houston o Nueva York para reprogramar mis citas solo porque vaya a casarme —advirtió Miriam a su madre.

Eso les daba a Elinor y Queenie apenas dos meses para encargarse de todos los preparativos, pero se pusieron manos a la obra con ganas. La boda en sí iba a tener un formato íntimo —como todas las ceremonias de los Caskey— y se celebraría a las diez de la mañana en el salón de casa de Elinor. La recepción, en cambio, era harina de otro costal. Queenie fue la primera en proponer que, para variar, organizaran una fiesta de verdad: «Con todos los habitantes de Perdido y más allá», según sus propias palabras. Queenie no esperaba que Miriam aceptara aquella idea; de hecho, estaba segura de que esta querría una celebración lo más breve y discreta posible, pero Miriam sorprendió a su futura suegra. «Buena idea, invita a todo el mundo», le dijo. Y eso hicieron: enviaron más de quinientas invitaciones a la recepción. Al ser una mujer de negocios, Miriam era muy conocida en todo el sur de Alabama, la península de Florida y otros lugares. Además, sabía que tenía una posición que mantener y que eso exigía una boda acorde con su relevancia. El novio dejaba un poco que desear, eso era cierto, pero todos los socios comerciales de Miriam habían visto a Malcolm acompañándola en un momento u otro. Y, a decir verdad, la mayoría sospechaban que si Miriam lo llevaba consigo no era solo porque supiera cambiar bombillas.

Oscar estuvo fuera de casa la mayor parte del tiempo que transcurrió entre el anuncio del compromiso de Miriam y la boda en sí. Elinor se encargó de que así fuera: quería apartarlo para poder hacer lo que tenía que hacer, de modo que le sugirió que fuera a visitar los campos de golf de Kentucky, y Luvadia permitió que su hijo Sammy lo acompañara como *caddie*. Oscar no tenía buena vista y necesitaba a alguien que no solo estuviera al corriente de aquella carencia, sino que tuviera también la paciencia necesaria. A lo largo de esos dos meses, Oscar y Sammy —que solo tenía catorce años y faltó a la escuela sin permiso durante todo ese tiempo— recorrieron Georgia y Carolina del Sur, donde Oscar jugó tanto en clubes de campo como en campos públicos. Se alojaba en moteles y hoteles, y por las noches dejaba que Sammy entrara a escondidas en su habitación, donde este dormía en el suelo, enrollado con varias mantas. Oscar llamaba a Perdido todos los días y le preguntaba a Elinor si las cosas se habían calmado lo suficiente como para volver a casa. «Tarda tanto como puedas en volver, cariño —le respondía invariablemente su mujer—. Esto parece una estampida».

Miriam se negó a ayudar en nada e insistió en cumplir su horario en el aserradero. En esas ocho semanas, ella, Malcolm y Billy hicieron dos viajes a Houston y uno a Atlanta. Le entallaron el vestido de novia en la oficina, mientras ella redactaba cartas con la ayuda de un dictáfono.

Malcolm sentía una felicidad implacable y apenas podía creer su buena suerte. Le preocupaba un poco ser un buen marido, pero al final siempre se decía que aquello no era problema suyo. Miriam haría de él lo que quisiera. Y aquel pensamiento le permitía entregarse por completo a su satisfacción. Su relación con Miriam no cambió en nada, con una única excepción: ahora, cuando él, Miriam y Billy viajaban juntos, eran Malcolm y Miriam quienes se alojaban en la habitación doble, y Billy el que se instalaba en la individual. Antes, Billy siempre había compartido la habitación con Miriam. Una vez, Queenie le había preguntado a Miriam por qué no eran Malcolm y Billy quienes compartían la habitación doble y ella se quedaba en la individual; seguramente habría sido más apropiado. Pero había recibido una respuesta inesperada: «Queenie, la verdad es que me da miedo dormir sola. Y soy lo bastante mayor y rica como para hacer lo que quiera».

Sin embargo, a pesar de compartir habitación con Miriam, Malcolm no hizo nada por intentar dormir en su cama: también iba a dejar que fuera ella quien lo guiara en ese asunto.

Queenie seguía desconcertada ante las nuevas circunstancias, pero se mantuvo ocupada (había tan poco tiempo y tanto que hacer), de modo que no tenía tiempo para reflexionar. Y, sin embargo, si se detenía un momento, apenas podía dar crédito al compromiso de su hijo. Malcolm no se casaba con Miriam por su dinero, de eso estaba segura. La propia Queenie era rica y le había asegurado a Malcolm que su testamento iba a proporcionarle recursos más que suficientes. Pero, al mismo tiempo, no se atrevía a creer que Malcolm quisiera realmente a su futura esposa. Aunque a lo mejor sí la quería, y tal vez incluso Miriam lo quería a él. Queenie siempre terminaba soltando un suspiro: aquello la superaba. Era mucho más fácil preocuparse porque las servilletas personalizadas llegaran a tiempo.

El sábado siguiente al Día de Acción de Gracias, Lucille y Grace organizaron una fiesta para Miriam, a la que asistieron gustosas todas las mujeres de Perdido con un cierto caché social. Lucille y Grace siempre habían sido poco menos que reclusas de cara a la gente de fuera de la familia, y había muchas personas en

Perdido que nunca habían visitado la granja de Gavin Pond. La casa había cambiado respecto a lo que había sido en su día; la habían arreglado y ampliado tanto que la pequeña granja —a la que Lucille se había mudado con gran recelo estando embarazada, hacía ya catorce años— parecía un lugar totalmente distinto. Un camino de asfalto conducía desde la carretera principal hasta la casa, había un enorme patio de ladrillo y una gran piscina. Habían despejado una hectárea de bosque para crear un jardín de camelias, y Lucille se afanaba en tratar de lograr que algunas de las especies más raras que se conocen arraigaran allí. Un enorme rebaño de vacas pastaba en el huerto de nogales pecanos y el lugar contaba ni más ni menos que con tres coches, dos camiones, dos tractores y cinco barcos. Por la noche, al sur de la granja de Gavin Pond, las llamas que salían de los pozos de petróleo del pantano teñían el cielo de naranja.

Grace tenía cuarenta y seis años y estaba más delgada de lo que ningún Caskey hubiera estado nunca, casi demacrada. Tenía la piel quemada por el sol y era feliz gracias a Lucille. Esta tenía treinta y ocho años, estaba más gorda que Queenie y era feliz gracias a Grace. El hijo de Lucille, Tommy Lee Burgess, tenía ya catorce años. El niño, tímido, buenazo y atolondrado, era un miembro extraño de la familia: nadie le prestaba demasiada atención cuando estaba por ahí y se olvidaban por completo de él cuando no estaba. A Tommy Lee le gustaba pescar, cazar, conducir coches y estar solo. Una vez Grace le había preguntado si quería que lo enviaran a la escuela militar, donde estaría rodeado de hombres —para variar un poco—, pero Tommy Lee había negado con la cabeza, horrorizado, y había dicho que no quería ir a ninguna parte ni hacer nada más que lo que estaba haciendo.

Grace y Lucille habían construido para Luvadia la cocina más grande que nadie hubiera visto por esos lares, y Zaddie y Melva fueron a echar una mano con la comida de la fiesta. Las mujeres de Perdido acudieron media hora antes, con la esperanza de que les enseñaran el lugar. Lucille estaba orgullosa de su casa y lo hizo de buen gusto. Las mujeres quedaron impresionadas y reprendieron en broma a Grace y a Lucille por haber mantenido aquel maravilloso lugar en secreto.

En medio de los festejos, Grace le dijo a Miriam:

—Este lugar comenzó siendo un secreto, ya que Lucille se instaló aquí cuando supo que estaba embarazada. Y luego, cuando descubrimos el petróleo, quisimos mantener el secreto un tiempo más, de modo que Lucille y yo nos acostumbramos a vivir aquí solas y a no recibir a nadie fuera de la familia. Pero quizá ha llegado la hora de empezar a invitar a más gente.

—A esta gente, en concreto, ni loca —le respondió Miriam con un susurro, contemplando a la multitud de mujeres inclinadas sobre la comida en la mesa del comedor.

La comedia que montó Miriam cuando se sentó a abrir sus regalos superó con creces cualquiera de las actuaciones de las mujeres durante la partida de charadas que organizaron más tarde. Miriam deseaba que alguien le regalara una nueva máquina de sumar, y no podía sentir más indiferencia por la ropa interior rosa o las zapatillas de baño de borreguillo, pero hizo gala de toda la amabilidad de la que fue capaz, hasta el punto de que, más tarde, incluso Elinor comentó:

—Podrías haber provocado una situación desagradable, pero no lo has hecho...

—No habría tenido sentido —dijo Miriam—. Solo trataban de ser amables conmigo.

—A veces tengo la impresión de que a lo mejor estás madurando —observó Elinor.

—Ahora, la cuestión es —dijo Miriam con un suspiro—, ¿cómo diablos voy a deshacerme de todos esos trastos?

No hubo forma de lograr que Sister se reconciliara con la boda. Se negó a echar una mano en nada que estuviera relacionado con el tema y tampoco permitió que nadie dijera nada al respecto en su presencia. De hecho, incluso se negaba a admitir en voz alta que Miriam fuera a casarse con Malcolm. Queenie se había visto obligada a abandonarla en aquel momento de tanto ajetreo, lo cual la irritaba todavía más. Ivey le hacía compañía todos los días, sentada en el sillón que había junto a la radio, pero no era de las que cotillean, y Sister, aburrida e inquieta, se dedicaba a mirar por la ventana y espiar con prismáticos la casa de Elinor. Pero nunca veía más que a Zaddie o a Elinor, que pasaban de vez en cuando por delante de la ventana.

Ivey no podía llevarle ninguna noticia desde la casa de al lado, pues su enemistad con Zaddie seguía en pie, y las dos hermanas, ya envejecidas, no se hablaban. Nadie había descubierto nunca la razón de aquella frialdad entre ambas, pues era un asunto privado del que ni Zaddie ni Ivey hablaban nunca.

En el cajón de su mesita de noche, Sister guardaba un calendario en el que iba marcando los días que faltaban para Navidad, y cada día contaba cuántos quedaban. Aquella cifra menguante se apoderó de su mente hasta un punto que a Ivey le parecía alarmante, de modo que esta empezó a suministrarle unos líquidos dulces vertidos en frascos azules sin marca, pero no parecía que aquellos remedios sirvieran de nada. Sister estaba cada vez más débil —aunque también más enfadada—, y cada mañana parecía haberse hundido un poco más en su baluarte de almohadas de plumas de ganso.

Poco antes de la boda, Miriam se fue a Nueva Orleans en un viaje inesperado pero inaplazable. Cuando regresó, dos días más tarde a la hora de la cena, Ivey la estaba esperando detrás de la puerta mosquitera.

—La señora Caskey está enferma —dijo—. Quiere hablar con usted.

En el piso de arriba, a Miriam le sorprendió el aspecto de Sister.

—Pues sí que estás enferma —dijo sin rodeos—. Creo que nunca había visto a nadie que tuviera tan mala cara.

Sister apenas era capaz de abrir los ojos. Le pesaba

la cabeza y sus manos reposaban, crispadas e indefensas, sobre la colcha pulcramente doblada. Parecía no haberse movido desde hacía días, como si fuera una frágil marioneta a la que le hubieran cortado todos los hilos.

—Aplázala —susurró sin apenas mover los labios. Miriam se acercó a la cama—. Aplázala —repitió Sister, en el mismo volumen.

—No —dijo Miriam, que por fin había comprendido aquella críptica orden—. En primer lugar, Elinor y Queenie se han tomado muchas molestias organizándola. Por otro lado, ya es demasiado tarde. Y, por último, quiero hacerlo ya.

Sister ladeó la cabeza.

—Me va a matar —susurró. Ladeó la cabeza en sentido contrario y con aquel movimiento se le cerraron los ojos.

Miriam se sentó en el borde de la cama. Estaba oscuro y había una única lámpara pequeña encendida en la mesita de noche. Miriam la tomó de la mano.

—Sister —dijo con firmeza—, aunque me creyera lo que acabas de decir, seguiría adelante.

Sister abrió los ojos despacio y miró a Miriam entre lágrimas.

—Me matarías, ¿verdad?

—Sister —repitió Miriam, tomándole ahora también la otra mano y acercando las dos al pecho de Sister—, te estás convirtiendo en la abuela.

—Noooo... —gimió Sister, aunque su protesta no fue más que una lenta exhalación.

—Es así. Intentas engatusarme para que aplace la boda exactamente como lo habría hecho la abuela. Pero tú no eres la abuela, eres Sister. Y yo no soy tú, ni tampoco Oscar. Ni siquiera soy yo cuando era joven. Nadie va a pisotearme, ni por esto ni por nada. Crees que lograrás hacer que aplace la boda con este cuento...

—No es cuento...

—Me da igual si lo es o no —prosiguió Miriam—. Si realmente estás enferma lo siento, pero no cambia nada. No permitiré que cambie. Así que más vale que te mejores, Sister, porque el próximo sábado por la noche habrá cuatrocientas treinta y siete personas paseándose por esta casa y dándome la enhorabuena, y no querría que el jaleo te importunara.

Miriam soltó las manos de Sister, se levantó, salió del dormitorio y se fue a su propia habitación para deshacer las maletas.

—Aplázala —susurró Sister Haskew unos momentos después, sin darse cuenta de que Miriam ya no estaba en la habitación.

3
La boda

Sister no mejoró durante la semana anterior a la boda. A su regreso, a Oscar le sorprendió encontrarla en un estado tan deplorable de debilidad y desorientación. Llegó el día de Navidad y, después de abrir los regalos en casa de Elinor por la mañana, fueron todos a llevarle a Sister los suyos. Se congregaron en el pasillo, ante su habitación, y fueron entrando de uno en uno. Sister sonreía débilmente, aunque no siempre era capaz de abrir los ojos. Lilah se sentó en el borde de la cama y le puso una cajita envuelta sobre la palma de la mano. Un dedo arañó brevemente la cinta, pero Lilah tuvo que abrirla ella misma. Era un estuche con los polvos favoritos de Sister, que olían a rosas muertas. «Gracias, pequeña», susurró Sister, y sus ojos, húmedos por las lágrimas, parpadearon un instante.

Nadie, ni siquiera Elinor, se atrevió a sugerir que la boda se aplazara a causa de la enfermedad de Sister. Miriam se había comportado de forma excepcional con todos los preparativos y había accedido a todas las sugerencias de Elinor o Queenie, pero nadie sabía qué pasaría si osaban pedirle que cambiara la fecha de su boda con Malcolm Strickland. A lo mejor lo cancelaba todo. A lo mejor se llevaba a Malcolm ante un juez de paz y luego ya no volvía a casa. Y, desde luego, no volvería a poner un pie en la habitación de Sister.

—En realidad tal vez Miriam tenga razón —suspiró Oscar, muy afectado por la enfermedad galopante de su hermana—. Recuerdo que yo postergué y postergué nuestra boda para complacer a mamá, y no nos trajo más que problemas.

Elinor no lo contradijo y la boda siguió programada para el sábado.

El día después de Navidad, los trabajadores del aserradero levantaron tiendas de campaña abiertas en los patios de detrás de las tres casas de los Caskey, sirviéndose de los troncos de los robles acuáticos, altos y estrechos, como postes. Las tiendas de lona a rayas se extendían desde los porches traseros de las casas hasta el dique. En la linde del bosque montaron un escenario, donde iba a tocar la pequeña orquesta de Mobile. Malcolm se encargó de reunir sillas y mesas, que sacó de iglesias, depósitos de armas y sedes de veteranos de guerra de todo el condado. Todos esos preparativos fueron de gran interés para los habitantes de Perdido, que reducían la velocidad al pasar por delante de la casa. Sentados en la valla que rodeaba el huerto de enfrente, vestidos con ropas navideñas recién estrenadas, los niños presumían de juguetes nuevos mientras observaban el ajetreo.

Mientras duraron los preparativos, y aunque estaba en su propia casa, Oscar tenía la sensación de estar siempre en medio; de hecho, sentía que el único lugar donde no estorbaba era con Sister, de modo que iba a su casa y se sentaba a su lado, donde se dedicaba a hablar de los viejos tiempos. Muy de vez en cuando, Sister respondía a las largas historias y recuerdos de su hermano, pero lo hacía con una voz tan débil que este prácticamente no entendía sus palabras. Y cuando las entendía, se removía incómodo en la silla, pues era como si Sister no hubiera comprendido ni una sola de sus palabras. Sin embargo, no se levantaba. Tomaba la mano de Sister y seguía rememorando los años en que ambos habían crecido en aquella casa, con su madre Mary-Love. «Y ¿sabes qué, Sister? —dijo Oscar—. Cada día te pareces más a ella».

Ni todos los cocineros de Caskey trabajando a destajo durante semanas habrían podido preparar la comida necesaria para alimentar a la multitud que se esperaba, y los encargados del *catering* empezaron a llegar el sábado, poco después del amanecer.

Aunque hacía calor, el día estaba gris y nublado. Los del *catering* mostraron su preocupación por la lluvia, pero los Caskey estaban muy tranquilos. «Hoy no va a llover», había asegurado Elinor, de forma escueta pero con total autoridad.

A las nueve, ataviadas ya con sus mejores galas, Elinor y Queenie se reunieron en la casa de Miriam y subieron para ayudarla a ponerse el vestido. La encontraron peleándose con él, sin ceremonia ni sentimiento alguno.

—¡Maldita sea! Maldita sea! —exclamó—. ¿Tanto cuesta sacar los malditos alfileres?

Estuvo lista en un cuarto de hora, y no quedó nada más que hacer que sentarse y esperar hasta las diez. Miriam se instaló con gesto impaciente junto a la ventana, golpeando el ramo de flores contra la palma de la mano y saludando de vez en cuando a alguno de los trabajadores que pasaban por debajo. Queenie fue a su casa para asegurarse de que Malcolm se atara bien la corbata. Lucille y Grace pasaron a ver a Miriam y a darle un beso. «Estás cometiendo un gran error casándote con un hombre —le dijeron—. Esperamos que seas la mujer más feliz del mundo».

Unos minutos antes de que llegara la hora de dirigirse a la casa contigua, Elinor se levantó y cerró la puerta. Entonces volvió a cruzar la habitación y se detuvo delante de su hija. Ella y Miriam estaban solas.

—¿Qué pasa? —preguntó Miriam con impaciencia—. ¿Llevo la cremallera desabrochada?

—Estás preciosa —dijo Elinor en voz baja—. Solo quería preguntarte qué habéis pensado tú y Malcolm sobre el anillo.

Miriam se rio y señaló la cómoda del rincón de la habitación.

—Pregúntale a Lilah si no tengo un estuche lleno de anillos en el cajón de abajo, por no hablar de todas mis cajas de seguridad. Metí la mano dentro, saqué uno y se lo di a Malcolm. No tiene sentido gastar más dinero cuando ya tengo tantos.

—Miriam —dijo entonces Elinor—, sabes que yo aún no te he regalado nada.

—Bueno, todo esto lo has montado tú —dijo Miriam, haciendo un amplio gesto hacia la ventana. Ahí abajo estaban los toldos a rayas, con una docena de sirvientes y hombres contratados; el tintineo de botellas y el murmullo de órdenes llegaba hasta el primer piso—. Yo no habría podido.

—Bueno, pero tengo algo más para ti.

—¿Qué es? —preguntó Miriam con suspicacia.

—Esto —dijo Elinor, que metió la mano en el bolso y sacó un sencillo anillo de diamantes. El solitario era turbio pero considerable, de casi tres quilates, sobre un engaste con banda de oro de cuatro puntas. Miriam lo cogió con delicadeza de la palma de su madre, acarició las facetas de la joya y volvió a mirar a Elinor.

—Era de la abuela —dijo Miriam—. Se lo quitaste cuando estaba en el ataúd, antes de que yo llegara.

—Así es —dijo Elinor.

—Nunca te lo he perdonado.

—Lo sé.

—A pesar de que fueras tú quien me dijera dónde estaba el petróleo de la granja de Gavin Pond, y a pesar de que nunca hayas intentado decirme cómo debía gestionar el aserradero. A pesar de que hayas mantenido unida a la familia y los hayas hecho a todos bastante felices: nunca te perdoné que te quedaras con este anillo.

Elinor no dijo nada.

—Supongo que ahora quieres que te perdone —añadió Miriam.

—No, no espero eso —dijo Elinor—. Pero es justo que, ahora que te vas a casar, lo tengas tú.

Miriam miró por la ventana.

—Ya va a ser la hora —dijo—. Voy a tener que ir a hablar con Sister.

Se puso el anillo en el dedo, se levantó y salió de la habitación, dejando a su madre sola.

Miriam se colocó en el lado de la cama donde estaba Sister, con el ramo entre las manos. La fragancia de aquellas flores frescas, tan penetrante en una habitación que durante años solo había olido a flores muertas, hizo que Sister abriera los ojos.

—Sister —dijo Miriam—, ahora voy a ir a casa de Elinor y Malcolm y yo nos vamos a casar.

Sister intentó apartar la mirada, pero no tenía fuerzas. Se le volvieron a cerrar los ojos.

—Pasaremos la tarde preparándonos para la recepción de esta noche, y después nos iremos a Nueva Orleans de luna de miel. Primero íbamos a ir a Nueva York, pero tengo unos asuntos que resolver en Nueva Orleans, de modo que hemos cambiado de planes. Malcolm dice que iremos adonde yo quiera, y que si no quiero ir a ningún sitio nos quedaremos aquí. Queenie te cuidará mientras yo no esté, como siempre. Y cuando volvamos instalaré a Malcolm aquí; aún no he decidido si dormirá en mi habitación o si lo pondré al otro lado del pasillo. Aunque supongo que a ti eso no te importa, porque de todos modos nunca sales de esta habitación... No tienes que preocuparte por Malcolm, ya le he dicho que te deje en paz y que no se acerque a ti a menos que lo llames. Y ya se ha comprado tres pares de zapatos nuevos con suela blanda, así que cuando camine por aquí, la casa no retumbará como de costumbre.

Sister no hizo ningún gesto ni ninguna señal que indicara que había oído lo que Miriam le había dicho.

—Elinor acaba de darme el anillo de mamá, Sister. Pensé que había desaparecido para siempre. Es más grande de lo que recordaba, aunque la piedra tiene un defecto.

Sister seguía sin moverse; sus manos yacían inertes sobre la colcha.

Miriam se giró de repente y arrastró una silla hasta la cama. Tiró el ramo a un lado, se sentó en la silla e inclinándose hacia delante, agarró las dos manos de Sister y se las apretó.

—¡Quiero tu bendición! —susurró—. ¡Dame tu bendición, Sister!

Sister abrió lentamente los ojos y, más lentamente aún, negó con la cabeza.

La ceremonia nupcial fue rápida y sin estridencias. La ofició Ruthie Driver, que, como todo el mundo había predicho, se había convertido en la viva imagen de su madre, Annie Bell. Al morir esta, Ruthie había ocupado el puesto de pastora en la Iglesia Baptista de la Gracia de Sion. Ruthie también estaba casada, aunque a la mayoría de los habitantes del pueblo les costaba recordar el nombre de su marido. Ni Miriam ni Malcolm acudían a la iglesia, pero Miriam había dicho que se sentiría más cómoda si la casaba una mujer. Billy Bronze fue el padrino de Malcolm, y Lilah, la única dama de honor. Oscar y Elinor se dieron la mano, al igual que Grace y Lucille. Tommy Lee rodeó con un brazo los hombros agitados de Queenie. La única música fueron los martillazos de última hora de un carpintero en el exterior.

—Pues muy bien —dijo Miriam en cuanto Ruthie hubo concluido su oración con un «Amén»—. Que empiece el espectáculo.

Todos corrieron a casa a ponerse ropa más cómoda y regresaron unos minutos más tarde, dispuestos a ayudar con los últimos preparativos para la recepción de la noche. Oscar se metió en la habitación de Sister a escuchar un partido de fútbol por la radio. Elinor y Queenie parecían estar en todas partes a la vez, y había tanto que hacer y supervisar que, por primera vez en más de diez años, Ivey y Zaddie se dirigieron la palabra. Grace y Lucille sistematizaron sus tareas y se dedicaron a ejecutarlas con precisión, una por una: montaron las mesas del ponche, encontraron los manteles adecuados y desenvolvieron y lavaron los cientos y cientos de vasos de cristal tallado de James. Incluso Lilah estaba ocupada, dando instrucciones a unos hombres que le triplicaban la edad y sintiéndose la mar de importante. Miriam iba de aquí para allá, con Malcolm a remolque, dando órdenes a proveedores, sirvientes y trabajadores del aserradero. No tenía intención de ayudar en nada, pero era evidente que estaba disfrutando mucho.

—Qué gustazo librarme de ese maldito vestido —dijo varias veces. Llevaba el anillo de diamantes de Mary-Love en el dedo, pero evitaba hablar con su madre.

A las cuatro todo estaba listo. Lilah subió corriendo al dormitorio de Sister y le dijo a Oscar:

—Abuelo, la abuela dice que es hora de ir a casa a vestirse. ¡Los invitados empezarán a llegar en cualquier momento!

Oscar se levantó y se acercó a Sister.

—Sister, ¿te molesta todo esto? —le preguntó—. ¿Te agobia tanto ajetreo?

Su hermana no respondió. Oscar notó una leve presión de sus dedos contra la palma de la mano, pero no tuvo ni idea de cómo interpretar ese gesto.

Los primeros invitados se presentaron con media hora de antelación, lo cual era de esperar. Quienes venían desde lejos no podían calcular exactamente el momento de llegada. Toda la casa de Queenie estaba habilitada como una especie de salón para los hombres, mientras que la de Miriam estaba destinada a las mujeres. Elinor, Oscar y Queenie, como padres de los novios, recibían a los invitados en los salones de la casa de Elinor. Miriam lucía un vestido de seda verde y no llevaba más joyas que el solitario de Mary-Love, su sencilla alianza y una pulsera de esmeraldas. Malcolm, que se había acostumbrado a llevar traje, parecía muy cómodo en su nuevo papel como marido de la heredera. Los invitados coincidían en que Malcolm no era el hombre más brillante del mundo, que no era necesariamente el marido ideal y que, sin duda, su esposa lo iba a llevar por donde quisiera, pero también estaban de acuerdo en que, en general, era el más indicado para el puesto al que Miriam había decidido elevarlo. Nadie se sorprendía cuando esta lo enviaba a rellenar su taza de ponche, a buscar tres *petit fours* de sus preferidos y a preguntarle a Elinor si ya había llegado el hombre de la Texas National Oil. Era exactamente como lo había tratado antes del matrimonio y todo el mundo había asumido que las cosas iban a seguir igual.

La cena se sirvió en el exterior. Las carpas de lona a rayas ondulaban y se hinchaban con la brisa y, debajo, los troncos de los robles acuáticos parecían esbeltas columnas curvadas en formas grotescas. La arena se metía en los zapatos de los invitados, pero los cientos de farolitos amarillos proporcionaban una iluminación cálida y favorecedora, y por una vez el Perdido, que fluía tras el cercano dique, desprendía un olor dulce, como si se hubiera perfumado para la ocasión.

Perdido estaba encantado con aquella gran fiesta. Si bien no había exigido prácticamente nada en cuanto a los preparativos, Miriam había decretado que todos los hombres del aserradero recibieran una invitación. Así pues, todos los trabajadores (y todas las esposas de los trabajadores) estaban allí, la mayoría con ropa nueva comprada especialmente para la ocasión. Miriam los conocía a todos por su nombre. Oscar, en cambio, en la fila de recepción, se sorprendió ante el número de trabajadores de quienes ya se había olvidado o que no había llegado siquiera a conocer. Los invitados procedían de todo el sur de Alabama y el oeste de Florida, y llegaban en caravanas de coches desde Mobile, Montgomery y Pensacola. Varios magnates del petróleo y de la madera llegaron en avión desde Nueva York, Atlanta, Nueva Orleans y Houston, e incluso instalaron una carpa auxiliar detrás de la casa de Queenie para la población negra de Perdido.

Una vez servida la cena, los trabajadores del aserradero se quitaron las americanas y recogieron todas las mesas y sillas en un santiamén. Mientras tanto, la orquesta afinó sus instrumentos y empezó a tocar. Sammy Sapp y un ejército de niñas y niños negros volvieron a rastrillar la arena de la pista de baile. Eran las nueve, y Miriam anunció que la música seguiría sonando mientras quedara una sola pareja que se tuviera en pie.

El primer baile corrió a cargo de Miriam y Malcolm, que fueron aplaudidos y vitoreados por su gracia. Elinor y Queenie intercambiaron una mirada de orgullo mezclado con un leve desconcierto: no imaginaban que «esos dos» fueran a cumplir con tanto garbo.

Oscar se les acercó y se puso a bailar con Miriam. Malcolm hizo una reverencia ante Elinor y la sacó a la pista. Poco después, el baile se abrió al público y más de mil personas se reunieron sobre la arena para bailar un vals entre los robles.

Quienes hacía tiempo que vivían en Perdido se maravillaron no tanto del esplendor de la fiesta en sí —los Caskey eran muy ricos y podían permitirse aquello y mucho más—, sino directamente de que hubiera habido una fiesta. Nadie recordaba la última vez en que un Caskey había celebrado una boda por todo lo alto. Las bodas de los Caskey siempre habían sido ocasiones sencillas, si bien algo caóticas, y el hecho de que precisamente Miriam hubiera querido (o siquiera permitido) un dispendio semejante era una de las cosas más sorprendentes que Perdido iba a ver en mucho tiempo.

La casa de Miriam se había reservado para las damas, y durante toda la velada hubo un constante entrar y salir por la puerta principal y la puerta trasera, un subir y bajar por las escaleras y un ir y venir de la habitación de Miriam a las dos habitaciones de invitados y los dos baños. Antes de que la fiesta se pusiera realmente en marcha, Queenie había subido y había pasado unos minutos sentada junto a Sister, a quien había visto más pálida y menos receptiva que nunca. Queenie también había apostado a Versie, la hija de diez años de Luvadia, en la puerta de Sister, como una especie de guardia, con instrucciones estrictas de mantener la puerta cerrada para impedir las visitas. Pero Versie, una niña de color criada en el campo, no era rival para las damas de Perdido, que sabían que la habitación estaba al fondo del pasillo y que no tardaron en aprovechar aquella oportunidad sin precedentes para asomarse y hablar con Sister Haskew, a quien hacía más de diez años que nadie veía en las calles de Perdido. Al principio se acercaron de una en una: apartaban a Versie y se sentaban unos instantes junto a la cama, hablando prolijamente con Sister y lamentando su mala salud. Al ver que esta no respondía se sentían incómodas, pero pronto pareció imposible cerrar la puerta del dormitorio, y todas las damas de Perdido acabaron arremolinadas alrededor de la cama. La habitación, que casi nadie había visitado durante la última década, se convirtió en un alboroto de sedas y lanas, polvos y perfumes, charlas y risas. Sister yacía inmóvil, recostada contra su montaña de almohadas de plumas de ganso, con las manos entrelazadas sobre la colcha pulcramente doblada, las palmas hacia arriba.

Versie se agobió tanto ante su incapacidad de mantener alejadas a todas esas mujeres que al final abandonó su puesto y se escabulló escaleras abajo, salió de la casa y se refugió en la carpa reservada para las personas de color. Se escondió en un rincón oscuro y se dedicó a beber ponche y comer pollo hasta que no pudo comer ni beber más. No la descubrieron hasta una hora más tarde, cuando Oscar, que no veía muy bien, tropezó con ella cuando se dirigía al baño de la casa de Queenie.

—¿Quién anda ahí? —preguntó.

—Soy Versie, señor Oscar —respondió la niña, asustada.

—¿La Versie de Luvadia?

—Sí, señor.

—¿Y se puede saber qué haces aquí? Queenie me ha dicho que estabas vigilando la habitación de Sister.

—Y lo estaba haciendo, señor Oscar —respondió

Versie, aterrorizada al verse descubierta en flagrante abandono de su deber—, ¡pero había tantas mujeres que me han echado!

—¿Cómo? —exclamó Oscar—. ¿Quieres decir que has dejado que la gente entrara en esa habitación?

—¡No lo he podido impedir!

—Versie, ve a buscar a Queenie, acompáñala allí arriba y echa a esas mujeres de la habitación, ¿me oyes? ¡Ahora mismo!

Oscar fue al baño, pero al terminar fue directamente a la casa contigua, la de Miriam, y entró. Las mujeres comenzaron a chillar y a reírse al ver a un hombre entre ellas, pero Oscar las ignoró, subió las escaleras y cruzó el pasillo hasta la habitación de Sister. Era evidente que Versie aún no había encontrado a Queenie (o a lo mejor tenía tanto miedo de que Queenie descubriera lo que había hecho que ni siquiera había ido a buscarla), pues la habitación seguía atestada de mujeres sentadas en las sillas, apoyadas en los muebles y encaramadas al alféizar de la ventana y al borde de la cama. Y allí, en medio de todas ellas, yacía Sister, muda e inmóvil.

—¡Fuera! —bramó Oscar—. ¡Todo el mundo fuera!

Hubo una conmoción de protesta, pues Oscar había empleado un tono autoritario y grosero, pero este no dijo nada más y se limitó a agarrar del brazo a la mujer que tenía más cerca (la esposa de uno de los nuevos médicos del pueblo) y a empujarla con no poca brusquedad hacia la puerta.

—¡Pero bueno! —exclamó la mujer, y se dio la vuelta para objetar, pero para entonces Oscar ya había agarrado a una segunda mujer, la esposa del contable del aserradero, y las sacó a ambas al pasillo.

Oscar le echó el guante a una tercera mujer, mientras repetía una y otra vez:

—¡Fuera! ¡Fuera! ¡Todas fuera!

Viendo que hablaba en serio, hubo una desbandada general y en apenas unos segundos la habitación quedó despejada. Oscar cerró la puerta de golpe, corrió las cortinas con gesto furibundo y se quedó a solas con su hermana. Entonces acercó una silla a la cama.

—Sister —dijo en voz baja—, ¿tienes los ojos abiertos? Está tan oscuro que apenas veo nada.

A Oscar no le pareció que Sister se moviera.

—He echado a todo el mundo. Queenie había puesto a Versie, la hija de Luvadia, en la puerta, pero la niña es demasiado pequeña para montar guardia. Pero no te preocupes, me voy a quedar aquí contigo. Y nadie más pasará por esa puerta mientras yo esté aquí.

Así pues, mientras esperaba a que llegara Queenie, Oscar se reclinó en la silla y le contó a Sister cosas sobre la recepción: cuánta gente había, quién había dicho qué, lo guapa que estaba Miriam y lo guapo que estaba Malcolm. Se oía la orquesta tocando desde el escenario, junto al bosque, y, si se sabía la letra de la canción, Oscar la cantaba un rato, sonreía a Sister y le recolocaba las mantas. Pero al cabo de un rato se puso serio.

—Voy a decirte algo que no quieres oír, Sister, pero

tengo que decírtelo de todos modos —empezó—. Has tratado mal a Miriam en todo este asunto. Miriam no merecía que la trataras tan mal, siempre se ha portado bien contigo. Tiene la lengua larga, es cierto, pero no creo que haya habido una persona más fiel que ella sobre la faz de la tierra. Haría cualquier cosa por ti, y la has tratado mal. Has actuado como lo habría hecho mamá, no hay otra forma de decirlo. Te estás volviendo como mamá, y me duele verlo. Es así, pero no es demasiado tarde para cambiar: cuando Miriam y Malcolm vuelvan de Nueva Orleans se instalarán al otro lado del pasillo, y tú tendrás veinte oportunidades al día para ser amable con ellos. Y puedes hacerlo, Sister; si te lo propones, puedes. No voy a hablar por Miriam y no sé si realmente ama a Malcolm o no; y tampoco voy a hablar por Malcolm, y no sé si él la ama a ella o no. En todo caso, más allá de lo que cualquiera de nosotros haya pensado sobre cualquiera de los dos, parece que es así. Y ambos se merecen todas las oportunidades del mundo de ser felices. Nunca le he dicho esto a nadie, Sister, ni siquiera se lo dije a Elinor en su momento, pero me dolió, me dolió muchísimo cuando tú y mamá nos quitasteis a Miriam a Elinor y a mí. La vi crecer en esta casa sabiendo que era mi hija, pero que me la habían quitado y nunca iba a ser mía de verdad. Me dolió mucho y ni siquiera Frances pudo compensarlo; y Billy y Lilah tampoco lo compensan. Me quitasteis a Miriam, y esa fue una pérdida que aún no he superado, Sister. De modo que tienes la obligación, una obligación conmigo, de hacer todo lo posible para que mi pequeña, mi hijita, a la que me arrebatasteis hace tantos, tantos años, sea feliz. Sister —dijo con voz suave—. ¿Vas a hacerlo, Sister?

Alargó el brazo y agarró las manos de Sister por encima de la colcha, pero estas estaban ya frías y rígidas.

4
Queenie, sola

Versie encontró por fin a Queenie en medio del tumulto de la recepción y le dijo que el señor Oscar la quería arriba, en la habitación de Sister. Queenie no se paró ni siquiera a preguntarle a la muchacha negra por qué temblaba tanto: entró a toda prisa en casa de Miriam y subió las escaleras, atravesando el grupo de mujeres allí reunidas, que aún protestaban por la descortesía de Oscar. Cuando intentó entrar descubrió que la puerta de la habitación estaba cerrada. Llamó a golpes.

—¡Oscar! —dijo—. ¿Estás tú ahí dentro con Sister?

Al rato oyó la voz grave de Oscar al otro lado.

—Vete, Queenie —dijo—. Sister y yo estamos hablando.

—¿Va todo bien?

—Sí, estamos bien —respondió Oscar, que desatrancó la puerta y la abrió un poco. Queenie metió la cabeza dentro y miró a la cama. Allí yacía Sister, quieta y silenciosa.

—Bueno —susurró Queenie—, me alegro de que

estés aquí arriba haciéndole compañía. Sé que todo este jaleo debe de estar sacándola de sus casillas.

—Queenie, escúchame. Me voy a quedar aquí arriba hablando con Sister, pero quiero que hagas un par de cosas por mí.

La voz de Oscar tenía un tono urgente que la desconcertó, pero Queenie se limitó a asentir con la cabeza sin hacer preguntas.

—Mira a ver si puedes localizar a Ivey, a Zaddie o a Luvadia, y pídeles que suba aquí cualquiera de ellas. Luego dile a Elinor que suba también. Pero lo más importante es que le digas a Malcolm que él y Miriam no pueden marcharse a Nueva Orleans sin antes hablar conmigo. Y que no pueden marcharse hasta que el último invitado se haya ido a su casa.

Oscar estaba a punto de cerrar la puerta, pero Queenie metió el pie en la rendija y la empujó un poco hacia atrás. Entonces se asomó de nuevo, echó un vistazo hacia la cama de Sister y volvió a mirar a Oscar.

—De acuerdo, Oscar —dijo finalmente.

Zaddie e Ivey llegaron a la habitación de Sister y se instalaron en sendas sillas a ambos lados de la puerta durante el resto de la noche, aunque ninguna de las damas de Perdido se acercó lo suficiente como para siquiera llamar. Elinor llegó, entró en la habitación y volvió a salir al cabo de unos minutos. Grace y Lucille hicieron lo mismo. Billy Bronze entró en la habitación y se quedó con Oscar. Empezó a circular entre los invitados el rumor de que Sister Haskew estaba fuera de sí y que echaba humo, y que los Caskey estaban intentando desesperadamente disuadirla de llamar a un abogado y dejar a Miriam sin herencia. Los presentes miraban de reojo a Miriam y se extrañaban de que esta no subiera a intentar apaciguar a su tía con exageradas muestras de afecto.

La recepción había empezado ya a perder fuelle; a la una y media los últimos invitados se marcharon para tratar de encontrar sus automóviles. La orquesta y los del servicio de *catering* lo recogieron todo y se dirigieron a Mobile y Pensacola, y las carpas de lona a rayas pendían solitarias en el aire de la noche. El consabido y penetrante olor del Perdido regresó e invadió de nuevo el paisaje de los Caskey, y de pronto los restos de la fiesta (la celebración más grandiosa que Perdido hubiera visto jamás) parecían tristes y desolados.

Queenie acompañó a Miriam y a Malcolm al primer piso, entre los estragos causados por las damas de Perdido. Pasaron junto a Lucille, Grace y Tommy Lee, sentados uno al lado del otro en el borde de la cama de Miriam con la vista fija en el pasillo, y junto a Billy Bronze, que, con el brazo alrededor de Lilah, aguardaba de pie junto a la puerta de la habitación de invitados. Al pasar, Billy agarró a Malcolm por la mano y se lo llevó a un lado. Queenie y Miriam siguieron adelante solas, pasaron entre Ivey y Zaddie (unas Gog y Magog negras) y entraron en la habitación de Sister. Oscar y Elinor estaban sentados a ambos lados de la cama, y Sister, recostada aún en su montaña de almohadas y con las manos entrelazadas sobre la colcha, yacía fría y visiblemente muerta.

Miriam y Malcolm no se marcharon de luna de miel a Nueva Orleans. Al día siguiente la familia anunció que Sister Haskew había fallecido a última hora de la noche. A los habitantes de Perdido les dijeron que la ilusión por la boda de Miriam y la espléndida recepción posterior la habían mantenido con vida durante no se sabía cuántos meses. Sister había muerto feliz, rodeada de toda su familia. La enterraron el veintinueve de diciembre en la parcela de los Caskey del cementerio de Perdido, entre James y Mary-Love.

Al volver a casa después del funeral, antes incluso de quitarse el sombrero con velo, Miriam cruzó el pasillo y cerró la puerta de la habitación de Sister sin ni siquiera mirar dentro. Se sacó una llave del bolsillo y echó el cerrojo. Entonces dejó caer la llave al suelo y la mandó de una patada por debajo de la puerta.

El 2 de enero de 1959, Miriam fue a Nueva Orleans. Era un viaje de negocios, pero para que no pareciera que ella y Malcolm se habían ido de luna de miel tan pronto después de la muerte de Sister, Malcolm se quedó en Perdido y quien la acompañó fue Billy.

Ivey Sapp se retiró del servicio. Explicó que había seguido trabajando solo porque Sister no podía prescindir de ella, pero que le dolían los pies y se le olvidaban las cosas. Además, se sentía sola sin Bray y lo único que le apetecía era quedarse en casa a escuchar la radio. Ivey no tenía dinero, pero estaba tan segura de que los Caskey iban a encargarse de ella que cuando fue a hablar con Miriam ni siquiera se molestó en mencionarlo. Y estaba en lo cierto: la semana siguiente Miriam se pasó por su humilde casa de Baptist Bottom (en teoría para ir a buscar una receta de maíz frito para Melva) y le dejó un sustancioso cheque bajo la esquina del mantel.

Miriam y Malcolm, al cuidado de Melva, se quedaron en la casa, cuyo espíritu estaba francamente disminuido con la ausencia de Sister y de Ivey, que, juntas, habían habitado el lugar durante más de un siglo. Miriam le cedió a Malcolm el dormitorio situado justo enfrente al suyo, también en la parte delantera de la casa, pero en realidad allí Malcolm solo guardaba su ropa y algunas cosas personales, ya que dormía con Miriam. Pasada una semana, Miriam confesó que no sabía por qué no se había casado antes: dormir con un hombre era mucho más divertido que dormir sola. «Aunque no sé cómo será en verano. Supongo que tendremos que poner aire acondicionado».

Cuando se leyó el testamento de Sister, a finales de la primavera de 1959, confirmaron que, a excepción de un legado considerable para Ivey Sapp, esta había dejado todas sus propiedades, bienes, acciones y dinero en efectivo a Miriam. Ella y Malcolm eran ahora más ricos que nunca. A Miriam eso no pareció importarle, y Malcolm no tenía una idea clara del dinero más allá de lo que le había dicho Miriam: «Malcolm, tenemos más de lo que podríamos gastar en mil años».

Quien parecía más afectada por la muerte de Sister era Queenie. Y no era de extrañar, ya que los últimos diez años su vida había girado en torno a ella. Cuando no estaba cuidándola, le hacía compañía. Se había convertido en los ojos y los oídos de Sister y además soportaba sus disgustos, una situación que la había llevado a desarrollar su paciencia y humildad hasta niveles extraordinarios.

Todas las muertes son repentinas, por muy gradual que sea el proceso. Durante más de once años, Sister había permanecido en aquella cama, sobre aquellos cinco colchones y aquellas diez almohadas, y sus días y años habían seguido un patrón tan inexorable como invariable. Poco a poco, las oscilaciones de su péndulo vital se habían ido debilitando, pero Queenie apenas había notado cómo Sister iba perdiendo fuerzas. Y cuando finalmente el péndulo se había detenido, había supuesto un gran golpe. Queenie había salido del funeral preguntándose qué iba a hacer con su vida.

Para colmo, Malcolm también la había abandonado. Durante el tiempo que había estado con ella, había llenado de vida su exiguo hogar. Pero ahora se había instalado en casa de Miriam y ya casi no tenían relación. Cada vez que Queenie salía de su casa, era como si sus pies quisieran encaminarse a la de Miriam. En las raras ocasiones en que entraba en la casa de Miriam, se volvía instintivamente hacia aquellas escaleras por las que había subido tantísimas veces. Y la única vez que accedió al piso superior de la casa, no pudo resistirse a recorrer el pasillo y probar la puerta del dormitorio de Sister. Pero estaba cerrada, y Miriam dijo que había perdido la llave.

Así pues, Queenie se quedó sola en casa de James. Como siempre había comido en casa de Elinor o de Sister, ni siquiera tenía cocinera. Tenía una chica que iba tres días a la semana a limpiar y otra que iba dos veces a la semana a lavar la ropa, pero no pertenecían al clan Sapp, y Queenie no les tenía confianza. Elinor la invitó a mudarse con ellos, pero Queenie se negó: cuatro personas en una casa ya eran suficientes, dijo. Lucille y Grace también le abrieron las puertas de la granja de Gavin Pond, pero Queenie también rechazó la oferta: nunca había vivido en el campo y era ya demasiado vieja para cambiar. Se habría mudado a la casa de Sister sin pensarlo, pero Miriam y Malcolm no la invitaron. Queenie incluso llegó a sugerírselo a su hijo, pero Malcolm respondió:

—Mamá, ya le he pedido a Miriam que te invite a vivir con nosotros, porque te echo de menos, pero ella dice que no.

—¿Por qué dice que no?

—Dice que tenerte en casa le recuerda demasiado a Sister, por eso nunca te invita a visitarnos. Miriam casi no habla de ello, mamá, pero creo que echa muchísimo de menos a Sister.

Queenie no podía discutir eso.

Cuando estaba en casa, que era la mayor parte del tiempo, Queenie se sentaba en su habitación o en el porche, esperando a que pasara algún miembro de la familia para tratar de convencerlo de que la invitara a ir a algún lugar, o por lo menos para charlar unos minutos.

Sus movimientos en la casa eran muy limitados: tan solo usaba su dormitorio, el baño adjunto y el porche delantero. Había establecido una serie de rutas fijas a través de las otras habitaciones —era necesario pasar por ellas para salir por la puerta principal o por la puerta trasera—, algo así como senderos a través del bosque. Una podía recorrerlos tres o cuatro veces al día, tranquilamente y con total seguridad, sin tener que aventurarse en las oscuras y peligrosas arboledas que asomaban a ambos lados del camino cubierto de hojas. La cocina estaba vacía; Queenie la había limpiado de comida porque detestaba las cucarachas. Las habitaciones de James, llenas de los muebles de la madre de James y de sus propias cosas, estaban tal como habían quedado la noche en que este había muerto. Queenie nunca había movido nada. Y ahora que en los armarios de Elinor y Miriam ya no cabía nada, las habitaciones adicionales se iban llenando de cajas con toda la ropa desechada por los Caskey. Queenie nunca tenía invitados; las pocas veces en que la visitaban amigas, las recibía en casa de Elinor. Sin que ella se diera cuenta, sus patrones se habían vuelto tan rígidos como lo habían sido los de Sister, aunque como Queenie podía desplazarse (aunque nunca iba muy lejos), esos patrones no resultaban tan evidentes para un observador casual, ni tampoco para ella.

Por las noches Queenie tenía miedo. Nunca había dormido sola en una casa, y la de James le parecía particularmente solitaria. Las habitaciones eran tenebrosas, llenas de siluetas y ruidos extraños. Algún animalito se había colado en el desván, donde pasaba toda la noche escarbando. Los tableros crujían bajo el peso de las cajas amontonadas y de vez en cuando la delicada vajilla de James tintineaba en los armarios, como si la moviera una mano invisible. Cuando Queenie se desnudaba, miraba por la ventana, pero no veía más que el dique, cubierto por un tembloroso sudario de arrurruz negro, y una esquina de la casa de los DeBordenave, aún tapiada. A veces el viento levantaba la arena del patio y la arrojaba contra la casa, y Queenie se despertaba con lo que parecían diminutas gotas de lluvia.

«Las mujeres mayores no duermen bien», le había dicho Sister una vez. Queenie, que no tenía ninguna experiencia al respecto, no la había creído entonces, pero ahora descubrió que había heredado el insomnio de Sister. Pasaba tantas horas despierta que le parecía que nunca podría conciliar el sueño. Lo único que demostraba que sí lo hacía era que se despertaba por la mañana, aunque Queenie no habría podido decir durante cuánto tiempo había dormido.

Se quedaba muy rígida en la cama, atenta a todos los ruidos de la casa, que iba anotando en un pequeño bloc de notas mental que aumentaba de grosor noche tras noche. Cuando no la inquietaba la arena contra las paredes de la casa, lo hacía el crujir de las tablas o el tintineo de la vajilla. Queenie se quedaba inmóvil, despierta y temblando.

De vez en cuando había algún ruido nuevo, como si algo en la casa —que nunca había oído quejarse— se agitara de repente. Las gotas de cristal de los candelabros de la mesa del comedor repiqueteaban de vez en cuando, como si hubiera una presencia inquieta en esa habitación cerrada, moviéndose silenciosamente alrededor de la mesa, moviendo el tablero y los candelabros con sus pisadas. O una de las ventanas de guillotina que daban al porche delantero se agitaba como si alguien caminara por el porche con paso furtivo. A veces a Queenie le parecía oír el pomo de la puerta. Una noche oyó la ventana de guillotina y pensó: «Es el viento». Unos minutos más tarde, oyó el traqueteo del pomo de la puerta, y pensó: «Será un cambio de temperatura».

Entonces tuvo la certeza de oír pasos, livianos y sigilosos al principio, yendo y viniendo por el porche, y luego más pesados, como si se burlaran de ella, diciéndole: «¿Y qué explicación tienes para esto, Queenie Strickland?».

Cogió rápidamente el teléfono, pero justo cuando levantó el auricular, el sonido de los pasos se detuvo.

Los pasos regresaron la noche siguiente y, una vez

más, cuando Queenie descolgó el teléfono, se detuvieron. Pero en esta ocasión, en cuanto Queenie colgó el auricular, el pomo de la puerta principal empezó a traquetear de forma frenética. Luego se oyó una patada contra la puerta de entrada, y otra patada, y luego otra más, patadas violentas, y entonces se oyeron de nuevo los pasos, arriba y abajo, a lo largo del porche, unas botas que caminaban con zancadas largas y furiosas. Queenie siguió el sonido de un extremo a otro del porche. La casa se sacudía, los cristales de las ventanas temblaban, los candelabros tintineaban, la vajilla retumbaba dentro de los armarios, las cajas de las habitaciones contiguas a la de Queenie se deslizaban de un lado a otro. Aquel pequeño animal correteaba frenéticamente por el desván.

De repente el ruido cesó. Con un traqueteo, y con el eco posterior, la casa quedó en silencio. Queenie se acurrucó en la cama, esperando que el sonido de las botas empezara de nuevo, pero todo permaneció en silencio.

Entonces Queenie, aún con la mirada fija en la oscuridad, alargó poco a poco la mano hacia el teléfono. En cuanto lo hizo, la puerta cerrada que daba al vestíbulo quedó repentinamente enmarcada por una tenue luz blanca, como si se hubiera encendido una lámpara en el salón. Luego la luz se hizo más intensa, como si tal vez se hubiera encendido la araña del comedor. La luz volvió a crecer, esta vez mucho más, y Queenie pensó que seguramente se había encendido también la luz del pasillo.

Otras luces se fueron encendiendo por toda la casa, hasta que la puerta quedó enmarcada por un brillo cegador.

Pero todo seguía en silencio.

Sin pensarlo dos veces, Queenie se levantó de la cama, se dirigió a la puerta del pasillo y la abrió. El resplandor la obligó a cerrar los ojos: todas las luces de la casa estaban prendidas. Fue hasta el interruptor del pasillo, pero vio que ya estaba apagado. Entonces lo pulsó para encenderlo y la luz del techo siguió brillando. Volvió a pulsar el botón, pero no hubo forma de apagarla. Entró en el salón. Todas las lámparas estaban encendidas, lo mismo que la pequeña araña de hierro del techo. Queenie pulsó el interruptor de la lámpara más cercana, pero no cambió nada. Fue hasta cada una de las lámparas de la habitación, accionando frenéticamente los interruptores. Incluso arrancó un cable de la pared, pero las bombillas seguían ardiendo.

Queenie corrió por el pasillo y llegó a la cocina. Allí también estaban todas las luces prendidas, incluso las que había dentro de los armarios y los cajones. Las luces del baño, de los dormitorios, de los armarios de las habitaciones, de los armarios de la ropa de cama, del porche trasero, de la sala de desayunos, la luz de encima del retrato de Grace y Genevieve y la que había detrás de la puerta cerrada del horno... Incluso el televisor desprendía un brillo blanco, pero sin ninguna imagen.

La luz pareció subir aún más de intensidad. Los miles de objetos de la casa, iluminados simultáneamente desde una decena de puntos, proyectaban sombras fantasmagóricas sobre las paredes. La luz aturdió a Queenie, sofocada como si la hubieran envuelto en algodón. La luz era tan brillante, blanca y penetrante que parecía que el color hubiera desaparecido de cuanto la rodeaba.

Pero, aun así, la casa entera seguía en silencio.

Queenie se detuvo ante la puerta del comedor, justo en el lugar donde James Caskey había caído muerto, y miró azorada a su alrededor. Le dolían los ojos con tanta luz.

Y esta se hizo aún más brillante.

Hubo una pequeña explosión de cristales en el salón, y Queenie se volvió instintivamente hacia el sonido.

Entonces se oyó un estallido más pequeño a sus espaldas, y luego otro. Queenie se giró y vio cómo las bombillas de la araña, que ardían con una intensidad inaudita, explotaban una a una con una pequeña lluvia de cristales. La luz que iluminaba el retrato de Grace y Genevieve estalló con una especie de chisporroteo húmedo, y varios fragmentos de cristal derretido cayeron sobre los rostros coloreados de la hermana y la sobrina de Queenie.

Se produjeron más explosiones a ambos lados del pasillo, en los salones que había en un extremo y en la cocina que había al otro. Por un momento el televisor brilló, resplandeciente como el sol, luego ardió de repente con un matiz negro intenso y finalmente estalló con un estruendo.

Queenie fue corriendo a su habitación. La luz del pasillo ardía con más intensidad a medida que se acercaba a ella. Entonces empezó a vibrar, y Queenie apenas logró meterse en su habitación antes de que la lámpara estallara. Fragmentos de cristal y metal brillantes se colaron en la habitación por el resquicio de la puerta entreabierta.

En la habitación de Queenie, todo seguía a oscuras. Apoyó la espalda en la puerta mientras sus ojos se acostumbraban a la oscuridad. Las explosiones, ahora menos violentas y más espaciadas, continuaban. La intensidad de la luz que se filtraba por debajo de la puerta disminuía cada vez que Queenie miraba a sus pies.

Al cabo de un rato las explosiones cesaron por completo. Ya no entraba ninguna luz por debajo de la puerta que daba al pasillo.

Queenie no sabía qué más hacer, de modo que volvió a la cama.

«Una tormenta eléctrica», se dijo.

Se acercó a la ventana y miró al exterior con la esperanza de ver el cielo cubierto de nubes de tormenta, pero solo vio estrellas.

La noche estaba en calma y, a través de la ventana abierta, Queenie oyó las pisadas (unos pasos pesados, con botas) que cruzaban los patios de arena de Caskey.

Desenganchó la mampara de la ventana y asomó la cabeza.

A la luz de la luna poniente distinguió la silueta de un hombre que se dirigía hacia el dique.

No tuvo que girarse para que Queenie lo reconociera; su forma de caminar y aquellas botas, que había comprado ella misma, eran inconfundibles.

Era Carl Strickland, su marido, que llevaba treinta años muerto tras haberse ahogado en las negras aguas del Perdido.

5

Los niños Caskey

—Mamá —dijo Malcolm asombrado—, ¿qué demonios pasó aquí anoche? ¿Te peleaste con alguien o algo así?

A excepción de las de la habitación de Queenie, parecía como si alguien hubiera roto todas las bombillas de la casa con un martillo. Las lámparas estaban destrozadas, fundidas o retorcidas, irremediablemente rotas.

—Hubo una especie de tormenta eléctrica —respondió vagamente Queenie, que seguía a su hijo tan de cerca que chocaban cada vez que este se giraba—. ¿No la oísteis, Miriam y tú?

—No oímos nada, mamá. ¿Tú tienes idea de cuánto tiempo me va a llevar arreglar este desbarajuste? Habrá que cablear la casa entera; seguramente la instalación fuera una chapuza...

—Eso es —se apresuró a decir Queenie, atribuyendo la culpa de lo sucedido al cableado y abandonando la fantasía de la tormenta eléctrica—. El cableado estaba defectuoso. Suerte que no me quemé.

—Mamá, será mejor que te vayas unos días a casa de Grace y Lucille mientras yo me encargo de todo esto.

Queenie aceptó la idea encantada y esa misma mañana, mientras Malcolm, aún desconcertado, intentaba decidir qué hacer con el estropicio, se marchó a la granja de Gavin Pond.

—Aquí estoy —le gritó a Lucille mientras salía del coche.

—¡Tendrías que haber llamado, mamá! —dijo Lucille—. Luvadia habría preparado algo especial...

—No he querido llamar —confesó Queenie, apresurándose a abrazar a su hija—. Temía que me dijeras que no viniera.

—¿Qué no vinieras? ¿Por qué diablos íbamos a decirte eso?

—Porque he venido para quedarme.

—Bueno, ya era hora, mamá. Grace y yo te lo hemos pedido no sé cuántas veces.

—No para siempre, pero sí por unos días. Anoche explotó todo el cableado de la casa y Malcolm me ha pedido que venga aquí mientras lo arregla.

—¡Ay, mamá, nos lo vamos a pasar en grande! —exclamó Lucille, rodeando la cintura de Queenie (hasta donde le alcanzó el brazo) y dirigiéndose lentamente hacia la casa.

Pero Queenie no se lo pasó en grande. Echaba de menos su rutina diaria en Perdido, por aburrida que fuera. Echaba de menos entrever a Malcolm y a Miriam en la casa de al lado y los almuerzos en casa de Elinor. Perdido no parecía gran cosa cuando vivía allí, pero en comparación con la granja de Gavin Pond era el centro del universo. Queenie se sentía especialmente sola en la granja, pues Grace y Lucille pasaban todo el día ocupadas en sus tareas: el jardín de camelias, los huertos, el ganado, los cerdos y los caballos. Y, por lo que fuera, en el campo parecía hacer más calor que en el pueblo, de modo que Queenie pasaba toda la mañana sentada en la cocina, junto al aire acondicionado y a Luvadia, viendo concursos en la televisión. Al volver a casa a media tarde, Tommy Lee hacía compañía a su abuela. Una tarde, este sacó la escopeta que Elinor le había regalado la Navidad anterior y se puso a limpiarla mientras le explicaba a Queenie cómo se armaba y cómo funcionaba.

—Me recuerdas al padre de Lucille —dijo Queenie, sin asomo de agrado—. Solo que él era el hombre más malvado que haya caminado por la faz de la tierra, y no creo que tú lo seas.

—No, abuela —dijo Tommy Lee, que tenía quince años y era un chico callado y tímido, incluso con Queenie—. Yo tampoco creo que lo sea.

Tommy Lee Burgess existía en la periferia de los dominios de los Caskey. No tenía el empuje propio de la familia, ni tampoco su inteligencia ni su agudeza. Y aunque era fuerte, no practicaba ningún deporte en la escuela, ya que eso habría interferido con sus placeres domésticos. Codiciaba esas horas después de la escuela, cuando tenía tiempo para pasar una hora o más pescando en el estanque, nadando en la piscina, cazando faisanes en el bosque o montando a caballo con Grace por la plantación de nogales pecanos. En la escuela de Babylon se llevaba bastante bien con todo el mundo, pero tenía pocos amigos. Toda su lealtad era para su madre y para Grace, las únicas personas con las que Tommy Lee se sentía realmente cómodo. Su único compañero de su edad era Sammy Sapp, el hijo de Luvadia, pero Sammy pasaba tanto tiempo haciendo de *caddie* para Oscar que ya no lo veía casi nunca. Tommy Lee era un chico tranquilo y un poco torpe, y Lucille y Grace lo querían muchísimo.

En realidad, Queenie nunca había prestado mucha atención a su nieto. Era demasiado tranquilo para su gusto. Si se hubiera portado un poco mal tal vez habría llamado más su atención. Pero nunca había llegado a hacer mella en la conciencia de Queenie, de modo que había pasado desapercibido.

De hecho, nunca lo había visto tanto como durante el tiempo que pasó en la granja. Las vacaciones de verano de la escuela empezaron durante la segunda semana de la estancia de Queenie, y a partir de aquel momento Tommy Lee pasaba todo el tiempo en casa. El chico acababa de obtener el permiso de conductor principiante, y como Grace y Lucille estaban ocupadas —para variar—, Queenie se ofreció a darle clases prácticas. Pasaban varias horas al día trotando por los caminos de la propiedad en la camioneta más vieja de la granja, y durante todo ese tiempo, mientras le iba dando instrucciones detalladas, Queenie no sospechó ni una sola vez que Tommy Lee conducía desde que tenía diez años.

Los daños en casa de Queenie eran tan considerables que hicieron falta dos semanas enteras para repararlos. Seguramente se habrían solucionado antes si Malcolm se hubiera conformado con poner cuatro parches, pero insistió en hacerlo bien. Tanto Elinor como Miriam inspeccionaron los desperfectos.

—Esto no lo hizo una tormenta eléctrica —aseguró Miriam—. Y tampoco fue por un mal cableado, Malcolm.

Elinor no dijo nada, pero acompañó a Malcolm a Penascola y lo ayudó a elegir lámparas nuevas. Por fin, el 1 de junio, Malcolm llamó a su madre y le dijo que podría volver a casa. Malcolm había cambiado toda la instalación eléctrica y le prometió que, si se quemaba una sola bombilla en los siguientes tres meses, se sentaría a la mesa y se la comería delante de un grupo de testigos.

Pero Queenie no volvió a Perdido esa noche, ni tampoco la siguiente. Grace y Lucille se alegraron, pero estaban desconcertadas. Ni siquiera el placer que le producía darle lecciones de conducción a Tommy Lee podía compensar los placeres a los que estaba acostumbrada viviendo en Perdido. A fin de cuentas, a Queenie vivir en el campo se le hacía muy difícil.

—Mamá, te estás consumiendo aquí —le dijo Lucille un día durante la cena—. Por mucho que queramos que te quedes con nosotras, ahora que la casa está arreglada quizá deberías pensar en volver al pueblo.

—Ya lo he pensado —dijo Queenie, inquieta.

—¿Y? —preguntó Grace.

Queenie se limpió la boca con la servilleta y se sirvió más guisantes.

—No volveré —dijo armándose de valor—... porque tengo miedo.

—¿Miedo? ¿De qué? —preguntó Tommy Lee, sorprendido.

—Soy una mujer mayor y nunca he vivido sola —dijo Queenie, añadiendo otra cucharada de guisantes en el plato—. Esa casa vieja está demasiado llena de recuerdos; allí ha vivido y ha muerto demasiada gente y no creo que pueda seguir viviendo sola entre esas cuatro paredes.

—Bueno, Queenie —se apresuró a decir Grace—, ya sabes que eres bienvenida aquí, pero no creo que seas feliz.

Queenie negó con la cabeza.

—Echo de menos el movimiento del pueblo —admitió—. Pero Miriam no me acepta, Elinor no tiene ninguna habitación libre y yo soy demasiado vieja ya para pensar en mudarme a otro lugar. Además, James me dejó la casa y todo lo que había en ella, sus cosas, sus cosas bonitas que tanto le gustaban. Estoy en deuda con él, tengo que quedarme allí y cuidar de todo. Se lo debo a tu padre, Grace, y nunca me perdonaría a mí misma si no volviera... ¡pero tengo tanto miedo!

—Pero es que no lo entiendo —insistió Tommy Lee—. No entiendo de qué tienes miedo.

—Oigo cosas —dijo Queenie con una sonrisa incómoda—. Y veo luces, Tommy Lee. Ya sé, ya sé que creéis que soy una vieja miedosa que oye cosas que no existen, que ve cosas que no existen. Y yo ya sé que no están ahí, que no son reales, pero las oigo y las veo igualmente. La noche antes de venir aquí, ¿sabéis qué vi cuando miré por la ventana, en medio de la noche?

—¿Qué? —preguntó Tommy Lee.

—Lucille —dijo Queenie, apartando la mirada de su nieto y dirigiéndola a su madre—. Vi a tu padre caminando por el patio. Tu padre se acercó hasta el porche de la casa y trató de entrar. Oí sus botas caminando por el porche. Intentó levantar la ventana, pero estaba cerrada. Intentó abrir la puerta, pero también estaba cerrada. Al ver que no podía entrar se enfadó e hizo que se encendieran todas las luces e hizo estallar todas las bombillas y todas las lámparas de la casa. No hubo ninguna tormenta eléctrica y al cableado de la casa no le pasaba nada. Fue Carl Strickland. Está enfadado porque cuando se ahogó en el Perdido cogí las monedas de Ivey y las arrojé al agua, y esas monedas lo tienen atrapado.

—Mamá —dijo Lucille en voz baja—. Papá está muerto. Lleva muerto treinta años.

—Ya lo sé —dijo Queenie—. Pero ¿tú crees que no lo reconocería si lo oyera ir y venir por el porche? ¿Que no lo reconocería si lo viera? Caminaba hacia el dique, de vuelta al Perdido. Esos cuartos lo retienen ahí, sé que es así. Por Dios, ¡ojalá pudiera recuperarlos! ¡Ojalá no me los hubiera sacado del bolsillo! Si regreso, sé que por la noche volverá a pasearse por el porche. Cuando por la noche oía aquel tintineo de platos, sabía que era Carl, meciéndose en una de las sillas del porche. Lucille, ¿te acuerdas de que por las noches tu padre siempre se sentaba a mecerse el porche? Pero ahora se levanta y camina de un lado para otro, buscando la forma de entrar en la casa. ¿Cómo voy a volver?

Lucille y Grace no dijeron nada.

—Abuela —dijo Tommy Lee.

—¿Qué?

—¿Y si fuera yo contigo?

Queenie lo pensó un instante.

—Me sentiría protegida —admitió por fin—. Carl no vino nunca mientras Malcolm aún vivía en la casa. Solo reapareció cuando Malcolm se casó y se mudó a la casa de al lado.

—En ese caso iré contigo. Podemos marcharnos esta noche, conduzco yo.

Pero Queenie negó con la cabeza.

—Vendrás conmigo, pero mañana volverás aquí. Carl estará esperando a que te vayas. No servirá de nada.

—¿Y si me quedo?

—¿Si te quedas? —repitió Grace, y Tommy Lee asintió.

Queenie sonrió, estiró el brazo y le estrechó la mano a Tommy Lee.

—Eres muy amable, pero vivir en esta granja aburrida te encanta y lo sé.

Tommy Lee se encogió de hombros.

—Mira, te diré qué vamos a hacer —dijo—. Si mamá y Grace me dejan, me quedaré contigo hasta que vuelvas a sentirte segura.

—¿Y cuando quieras ir a cazar? —preguntó Grace.

—Hay un bosque justo enfrente de la casa de Elinor. Una vez cacé allí con Malcolm.

—¿Y dónde vas a pescar? —dijo su madre.

—El Perdido está ahí al lado. Más cerca imposible.

—¿En serio nos vas a abandonar? —dijo Lucille, sacudiendo la cabeza con incredulidad.

—La abuela me necesita —respondió Tommy Lee.

—Es verdad —dijo Queenie—. ¿Me prestáis a Tommy Lee durante un tiempo?

Grace soltó un suspiro.

—Tommy Lee es libre de hacer lo que quiera.

Lucille asintió con la cabeza.

—¿Nos lo vas a mandar de vuelta si te da problemas?

—¿Este angelito? —exclamó Queenie—. ¿Cómo queréis que dé problemas?

—No es tuyo, que conste —dijo Grace, contundente—. No estamos renunciando a él como tú renunciaste a Danjo.

—Ya lo sé —dijo Queenie—, solo quiero que me lo prestéis un tiempo. Cuando ya no lo necesite os lo devolveré.

—Más te vale —espetó Grace con severidad—. ¿Y qué pasará con la escuela en otoño?

—Por Dios, Grace —dijo Queenie—, ¿el pobre chico acaba de empezar las vacaciones y ya quieres que vuelva a la escuela?

Así pues, Queenie Strickland regresó a Perdido con Tommy Lee Burgess. Los Caskey (y el resto de Perdido) se preguntaron qué podía haberle hecho, dicho o dado su abuela para que el muchacho renunciara a vivir en la granja. Y se preguntaron también por qué de pronto lo querría con ella, sobre todo teniendo en cuenta que hasta entonces apenas le había prestado atención.

Pero ese verano, como si quisiera compensar su abandono anterior, Queenie mimó al máximo a Tommy Lee: le compró tres armas nuevas para cazar, lo llevó a Destin y le dejó elegir el mejor equipo de pesca y los mejores aparejos de la tienda, le compró botas de montaña y una barca para navegar por el Perdido; despejó las cajas de la habitación contigua a la suya e instaló la cama más grande y blanda que pudo encontrar; contrató a una cocinera solo para que le preparara el desayuno por la mañana. La mayoría de los jóvenes de quince años se habrían sentido abrumados y consentidos ante semejantes atenciones, pero Tommy Lee las aceptó con asombrosa ecuanimidad. Pasaba los días cazando y pescando, y las tardes con Queenie, viendo la televisión o en una sesión doble del autocine Starlite. Queenie se quedaba dentro del coche, matando mosquitos y ajustando una y otra vez el volumen del altavoz; Tommy Lee se tumbaba en el capó, con la cabeza apoyada en una almohada contra el parabrisas, dedicándoles la misma atención a los relámpagos estivales que a las imágenes de la pantalla.

Queenie le preguntaba a menudo a Tommy Lee si no se estaba cansando de ella y si no prefería salir con sus amigos a estar encadenado a una vieja fastidiosa, pero Tommy Lee se encogía de hombros y decía que no tenía amigos y que las únicas veces que se cansaba de Queenie era cuando le hacía demasiadas preguntas.

Pero era por las noches, después de ver las noticias de las diez o de asistir a una velada en el Starlite, cuando Tommy Lee revelaba todo el valor que tenía para su abuela. Cuando se acostaba, el chico dejaba la puerta de su habitación abierta, de modo que, si Queenie se despertaba por la noche, podía levantarse, salir al pasillo y verlo allí durmiendo. Queenie lo hacía a menudo. Y, tal como había predicho, la presencia de Tommy Lee en la casa mantuvo alejado a Carl.

El verano pasó volando, tanto para Queenie como para Tommy Lee, y pronto se acercó el momento de que este volviera a la escuela. Grace y Lucille empezaron a hablar de su regreso a la granja de Gavin Pond, y Queenie empezó a decir que los colegios de Perdido eran mejores que los de Babylon.

—La decisión depende de Tommy Lee —dijo Grace cuando se hizo evidente que habían llegado a una especie de callejón sin salida.

Tommy Lee decidió quedarse con su abuela. Se trasladó al instituto de Perdido, y durante el otoño de 1959 y el invierno y la primavera de 1960 pasaba cinco días a la semana en Perdido y los sábados y domingos en la granja de Gavin Pond. Y todas las noches dormía en el dormitorio contiguo al de Queenie. Carl Strickland no volvió a molestarla.

Aquel acontecimiento fue ampliamente comentado en Perdido: otro vástago de los Caskey había cambiado de manos. En toda la historia de la familia, la única hija que se había quedado con sus padres había sido Frances, y ahora estaba muerta. Aunque Lilah vivía en la misma casa que su padre, era mucho más de Elinor que de él; Frances se había ahogado en el Perdido y Lilah se había convertido en hija de su abuela; Billy Bronze, por su parte, se había convertido en una especie de tío de su hija, y ese fue, ni más ni menos, el papel que pasó a asumir en la crianza de la niña. Elinor era quien daba permisos, rechazaba peticiones y decidía qué podía hacerse y qué no; Elinor compraba la ropa de Lilah y le pagaba los caprichos. Billy vio crecer a su hija con afecto e interés, pero sin el amor ni la implicación de un padre.

Perdido esperaba que Miriam Caskey Strickland —a quien, cada día más cerca de los cuarenta años, no le quedaba ya mucho tiempo— concibiera un hijo, porque sus habitantes deseaban poder apostar quién acabaría quedándoselo. De entre todas las Caskey que el pueblo guardaba en memoria, Miriam era la que tenía menos probabilidades de querer quedarse un hijo o una hija si alguien le ponía una oferta sobre la mesa. El comentario más habitual era que, si era una niña, la cambiaría por diamantes; y, si era un niño, por acciones de alguna petrolera.

Y tal vez eso era lo que Miriam habría hecho si hubiera tenido un hijo. Pero Miriam no concebía, aunque ella y Malcolm se aplicaban a ello con el mismo tesón con el que Miriam lo abordaba todo. A Malcolm lo había sorprendido el cambio de opinión de su mujer, e incluso la había cuestionado al respecto:

—Antes decías que no querías un bebé ¿recuerdas? —comentó—. Dijiste que ibas a usar su cabeza como alfiletero.

—Las personas casadas tienen hijos —respondió Miriam, un poco incómoda—. O sea que he cambiado de opinión, eso es todo. He decidido que si me tomé la molestia de casarme contigo... y Malcolm, no ha habido hombre que haya causado más molestias que tú..., también puedo hacer esto.

Pero el bebé no llegaba y ya empezaba a parecer que nunca lo haría.

Aquella situación fastidiaba a Miriam, a quien no le gustaba ver frustrados sus planes. Y que fuera su propio cuerpo quien la boicoteaba era un insulto doble. Malcolm trató de sugerirle a su decepcionada esposa que un hijo solo habría supuesto una carga para ella. Era más que probable que el embarazo en sí interfiriera con su trabajo: el pequeño exigiría tiempo y atenciones que seguramente Miriam lamentaría no poder dedicarles al aserradero y al negocio del petróleo.

Pero aquellas palabras no consolaron a Miriam.

—Si me quedara embarazada podría seguir yendo a la oficina —dijo—. Y si algún día no pudiera, podría deciros a ti y a Billy lo que tenéis que hacer y supongo que entre los dos lo haríais. Una vez que llegara el bebé, contrataría a una chica para que lo cuidara.

Todos los hermanos de Zaddie e Ivey llevaban tiempo casados y había ya una tercera generación de mujeres Sapp que suspiraban por que los Caskey las contrataran.

—Y si eso no diera resultado, siempre podría enviarlo a la granja de Gavin Pond o a casa de Elinor; ni unos ni otros dejarían pasar la oportunidad de ocuparse de otro bebé. Después de todo, no ha habido ningún bebé en la familia desde que nació Lilah.

Pero Miriam seguía sin concebir y, finalmente, Malcolm y su propio cuerpo la convencieron de que nunca lo haría. Aunque eso no disminuyó su deseo de tener un hijo. Si miraba a la casa de al lado, veía que Queenie había arrebatado a Tommy Lee de los brazos de Lucille y Grace. Y si miraba hacia el otro lado, veía a Lilah Bronze, lista para que alguien se la llevara de su casa.

Lilah tenía trece años, estaba en octavo grado y no se parecía a nadie tanto como a la propia Miriam: almidonadamente guapa, orgullosa de su posición, fascinada por las joyas y otras cosas materiales, vagamente desdeñosa con las personas de su edad... En otras palabras, Lilah parecía hecha a semejanza de su tía. Y ya existía cierta intimidad entre ellas a causa de la colección de joyas de Miriam, que Lilah codiciaba con pasión.

Miriam no veía ninguna razón que le impidiera reclamar a Lilah como propia. Y, siguiendo los argumentos de Malcolm, esa sería desde luego una solución preferible a dar a luz a un bebé ella misma: no tendría que preocuparse por el embarazo, ni por la crianza, ni cargar con la incertidumbre de la personalidad. Al fin y al cabo, siempre existía la posibilidad de que diera a luz a un niño que resultara ser igual que

Malcolm o, peor aún, que Frances. Que una mujer llevara a un bebé en su vientre no garantizaba que, a la hora de la verdad, fuera a sentir alguna simpatía por él.

Pero ahí estaba Lilah. Y Lilah, para Miriam, era la hija perfecta.

En cuanto llegó a esa conclusión, y sin consultárselo a Malcolm, Miriam se puso manos a la obra para separar a Lilah de su padre y su abuela.

Las Navidades de 1960 se celebraron en la granja de Gavin Pond para festejar la nueva fachada, cuya reciente construcción había eliminado los últimos vestigios de la humilde construcción original. La casa contaba ahora con altos ventanales y un amplio porche delantero con esbeltas columnas, suelo de ladrillo y un frontón triangular que coronaba las puertas de batiente doble. Grace incorporaba una nueva adición a la casa más o menos cada año, y para cuando Lucille terminó de amueblar y decorar adecuadamente las nuevas habitaciones, Grace ya había empezado a planear la siguiente ampliación.

Ahora una sala entera estaba ocupada por el árbol de Navidad y los regalos, de modo que los Caskey tuvieron que sentarse en sillas en el pasillo y en el comedor para poder abrirlos. Cada miembro de la familia tenía unos cinco regalos para cada Caskey; aunque Elinor tuviera que comprar y envolver los regalos que Oscar le hacía a ella, estos seguían estando ahí.

Pero Miriam dejó un solo regalo para Lilah: una

cajita escondida cerca de la base del árbol que no salió hasta el final. Lilah, que no esperaba nada del otro mundo de su tía —famosa por lo inapropiado de sus regalos—, se sorprendió al encontrar dentro un broche de diamantes que rodeaba un rubí de al menos dos quilates.

—¿Esto es auténtico? —exclamó Lilah, sosteniendo el broche en el aire para que todos lo vieran—. Miriam —dijo, tras comprobar de nuevo la etiqueta para asegurarse de que, efectivamente, era de su tía—, ¿es auténtico?

—Sí —dijo Miriam.

—¡Te habrá costado una fortuna! —exclamó Queenie—. ¿O lo has sacado de tu colección?

—Lo compré en Nueva York el mes pasado —declaró Miriam—. Especialmente para Lilah.

—Eres demasiado joven para llevar algo así —dijo Elinor.

—Pero es mío —protestó Lilah, agarrando el broche con las dos manos y apretando los puños contra el pecho, con expresión extasiada.

—Abre una caja de seguridad —le dijo Miriam—. Yo a tu edad iba ya por la segunda. Te va a costar ponerte al día...

—No pienso gastar dinero en joyas que, de todos modos, la niña no va a usar nunca —dijo Elinor con segundas, pero Miriam se limitó a reír.

—Tus ordinarieces me resbalan, Elinor. Además, no puedes impedirme que le regale más joyas a Lilah cuando me apetezca.

—No, no puedo —admitió Elinor—. Si quieres malgastar el dinero en regalos así, adelante.

Más tarde, en la mesa, Lilah se las ingenió para sentarse junto a su tía.

—¿Por qué me has regalado esto? —le preguntó, todavía con el broche en la mano—. Me encanta.

Miriam respondió con un tono de voz lo bastante alto como para que la oyera toda la mesa:

—Te lo he regalado porque quiero que te mudes a la casa de al lado, con Malcolm y conmigo.

Lilah se quedó con la boca abierta. Giró la cabeza y miró, no a su padre, sino a su abuela, que estaba sentada en una cabecera de la mesa; Grace y Lucille habían cedido felizmente sus asientos habituales a Elinor y Oscar, como cabezas de familia.

Elinor no dijo nada.

—Cierra la boca, Lilah —zanjó Grace—. Te van a entrar moscas.

Lilah cerró la boca.

—Malcolm y yo estamos solos —prosiguió Miriam—. ¿Verdad, Malcolm?

—Sí, claro que sí —dijo él, obediente, desde su rincón olvidado en la larga mesa.

—Has tenido a Lilah durante trece años, Elinor —dijo Miriam—. Ahora deberías dejármela un tiempo.

—Lilah es de Billy —señaló Oscar desde el otro extremo de la mesa, frente a su mujer.

—Lilah hace siempre lo que quiere —dijo Billy con un suspiro, resignado—. O lo que quiere Elinor.

—Lilah —intervino Queenie—, ¿tú qué quieres?

—No lo sé —contestó Lilah, pensativa—. Solo sería mudarse a la casa de al lado, ¿no?

Nadie se molestó en responder a esa pregunta.

—¿Lilah? —preguntó Elinor. No había nada en el tono de Elinor que le diera a la niña ninguna pista sobre qué era lo que su abuela quería oír.

—Tal vez podría quedarme solo unas semanas, hasta las vacaciones de primavera o algo así, para que Miriam y Malcolm no estén tan solos. Y entonces podría volver.

Los Caskey se miraron unos a otros, conscientes de lo que acababa de suceder. Elinor le había dado la palabra a Lilah y esta había sellado su destino: una vez entregados, los hijos de los Caskey nunca volvían a su hogar original. En un descuido, Elinor había perdido a Lilah Bronze para siempre.

Miriam sonrió y le apretó la mano a Lilah.

—Solo por unas semanas —dijo—. Y luego te dejaré volver. Elinor no alquilará tu habitación, supongo...

En la mesa no se volvió a hablar del asunto. Lilah, que se consideraba a sí misma prodigiosamente inteligente, no entendía nada de nada. El ambiente —más allá de la felicidad de la propia Lilah ante la perspectiva de que le regalaran más joyas— se volvió no sombrío, pero sí solemne. De forma totalmente inesperada, acababa de suceder algo trascendental, y todo el mundo —excepto la chica que iba a verse más afectada por la situación— lo sabía. Luvadia y Melva siguieron sacando platos con panecillos calientes y retirando platos vacíos, y todos siguieron hablando de la renovación de los contratos con las petroleras y de los viajes previstos a Houston y Nueva York. Y, en un momento dado, Oscar le indicó a Sammy que pusiera el coche en marcha para que el motor estuviera caliente cuando quisiera ir al campo de golf de Brewton. Pero en realidad nadie pensaba en nada más que en Lilah, a quien Miriam, en un arrebato de codicia, había robado en un abrir y cerrar de ojos, de una forma más rápida y limpia que si unos ladrones de niños de brazos larguísimos hubieran metido las manos por una ventana abierta y la hubieran arrancado de su cuna mientras dormía.

Sin esperar siquiera al café, Oscar se fue a Brewton acompañado por Tommy Lee y Sammy. Lucille y Queenie se ofrecieron a ayudar a Luvadia y Zaddie a limpiar el caos del pasillo. Grace y Billy empezaron a cargar los coches con todos los regalos. Elinor se quedó sentada a la cabeza de la mesa, frente a su café frío. Miriam iba ya por la tercera taza mientras, con un brazo, rodeaba a Lilah, que, cansada y feliz, seguía sentada en la silla de al lado.

—No has peleado —comentó Miriam.

—¿Peleado? ¿Por qué? —preguntó Lilah.

—Shhh —chistó Miriam.

Elinor negó lentamente con la cabeza.

—¿Por qué? —preguntó Miriam con curiosidad—. Podrías haberle plantado cara. Incluso podrías haber ganado.

Elinor hizo una larga pausa antes de responder. Tenía una mano cruzada sobre el pecho y con la otra acariciaba las perlas negras de su collar.

—Cuando te di la alianza de Mary-Love...

—¿Sí? —dijo Miriam, levantando la mano donde llevaba el anillo.

—No fue suficiente, ¿verdad?

—No —dijo Miriam—, no lo fue.

—¿No fue suficiente para qué? —preguntó Lilah.

—Silencio —le indicó Miriam con un lento susurro acompañado de un pellizco en el brazo.

—Pero ahora estamos en paz —añadió Elinor.

—Sí —respondió Miriam—, supongo que sí. ¿Qué te parece, mamá? Después de treinta y nueve años, te perdono.

Elinor no dijo nada y se limitó a dar un sorbo a su café frío.

Por primera vez en su vida, Miriam la había llamado «mamá».

6

La canción de la pastora

Lilah se instaló en uno de los dormitorios de invitados de la casa de Miriam ese mismo día de Navidad, «solo por unas semanas». La propia Lilah —a diferencia de todos los Caskey y la mayor parte de los habitantes de Perdido— era la única que se engañaba creyendo que pronto volvería junto a su abuela y su padre.

Pero esas semanas pasaron y un día Lilah le dijo a su abuela:

—Miriam y Malcolm dicen que no pueden pasar sin mí. ¿Puedo quedarme un tiempo más?

—Haré que envíen tus cosas —respondió Elinor.

Llevaron la ropa de Lilah a la casa de al lado y pronto todos —Lilah incluida— dejaron de pensar en su regreso. Ahora pertenecía a Miriam y a Malcolm, y aunque todos los Caskey cenaban juntos cada noche en casa de Elinor, y que Lilah veía a Billy casi tanto como antes, esta se convirtió en una niña muy diferente. La extraña forma que tenía Miriam de mimar a su sobrina era desatendiéndola. Elinor siempre había mantenido un estricto control sobre su nieta, pues Lilah tendía a comportarse con atrevimiento y precocidad, y a exigir sus prerrogativas no solo como miembro de la familia Caskey, sino como la niña más rica de todo el condado. Así, por ejemplo, solía mostrarse arrogante con el servicio. Y Elinor hacía lo posible por mantener esas tendencias bajo control. Miriam, en cambio, ni siquiera lo intentaba. Veía en su sobrina a la niña que ella misma había sido y confiaba en Lilah como en sí misma. Si Lilah quería algo, era porque lo necesitaba; y lo que Lilah hacía era siempre lo que cada situación exigía. En pocas palabras, Lilah se convirtió en una chica insoportable. Pero Miriam no se dio cuenta de ello, o tal vez prefirió no darse cuenta. A pesar de su arrogancia, Miriam adoraba a su sobrina, e incluso es posible que su amor por ella aumentara cuanto más desagradable se volvía para los demás.

Oscar sí que se dio cuenta, y se quejó a su esposa y su yerno. Elinor y Billy tenían que intervenir antes de que la niña se malograra por completo, dijo. Pero Elinor y Billy se negaron a actuar: ahora Lilah era de Miriam, y la criaría como le viniera en gana.

—Ya no es asunto mío —dijo Billy—. Si todavía viviera aquí, aún; pero no es el caso.

—Oscar —señaló Elinor—, Miriam trata a Lilah tal como Mary-Love la trató a ella. Lilah será un calco de Miriam, todo el mundo en el pueblo lo ve. Seguramente habría ocurrido de todos modos. No puedo hacer nada al respecto, y aunque pudiera, lo más probable es que no lo hiciera.

Pero si a Lilah aquel cambio de aires le había sentado mal, a Miriam, desde luego, le sentó de maravilla. Ahora tenía a alguien más que a sí misma de quien encargarse. Malcolm no contaba, ya que Miriam llevaba años encargándose de él y, de todos modos, Malcolm no requería demasiadas atenciones. A pesar de que Miriam se pasaba el día trabajando en el aserradero, llevaba a Lilah al colegio todas las mañanas e iba a recogerla todas las tardes. Las dos iban juntas a Pensacola a comprar ropa y a veces también joyas. Miriam sacó a Lilah de la escuela durante cinco días en febrero y —con Malcolm a remolque solo para cargar con sus paquetes— fueron a Nueva Orleans para el Mardi Gras, y luego, en palabras de Lilah, se dedicaron a «vaciar todas las tiendas la ciudad». Miriam, como si hubiera perdonado por fin a Elinor por haber renunciado a ella cuando era un bebé hacía casi cuarenta años, ahora siempre llamaba «mamá» y «papá» a ella y Oscar. También consentía algo más de confianza entre ambos hogares; al fin y al cabo, de entre todos los Caskey ahora era la única que tenía la perfecta familia americana, con un padre, una madre y una hija. El hogar de Elinor, el de Queenie y la granja de Lucille y Grace no eran más que reflejos defectuosos e incompletos de esa imagen perfecta. Ante la pasividad de Elinor, Miriam fue convirtiéndose poco a poco en el eje alrededor del cual orbitaba el resto de la familia. En su opinión, había llegado la hora de que Elinor abdicara.

Ostentar finalmente el poder último dentro de la familia permitió a Miriam relajarse un poco en su forma de tratar a los demás. Un usurpador debe mantener siempre una actitud fría e inflexible, pero un soberano puede permitirse ser generoso.

En aquella época se produjo otro cambio significativo en el modo de vida de la familia, este relacionado con las sirvientas. Durante décadas, los hogares de los Caskey se las habían arreglado con una sola sirvienta cada uno. Y debido a la esterilidad de los patios de arena que rodeaban las casas, a las tres familias les había bastado con un solo jardinero. Una vez más, Miriam fue la desencadenante del cambio. Cuando Ivey se retiró tras la muerte de Sister, su sobrina Melva ocupó su lugar. Aunque Melva era buena cocinera, como sirvienta era indiferente. Pero en lugar de despedir a Melva por no saber limpiar las alfombras, Malcolm fue a visitar los diversos hogares de los Sapp y preguntó si había alguna chica que sí supiera. No le costó mucho encontrar a una y la contrató para que se encargara de la limpieza de la casa. Ahora Miriam tenía dos sirvientas, lo cual se consideraba suficiente para una casa de solo tres personas, más aún teniendo en cuenta que Miriam se ausentaba a menudo y que muchas de las comidas tenían lugar en la casa de al lado.

Queenie había contratado a una chica para que le preparara el desayuno a Tommy Lee, pero después del desayuno la muchacha se iba a la escuela y no regresaba hasta última hora de la tarde. Como Tommy Lee también pasaba la mitad del día fuera de casa, Queenie contrató a otra chica (una Sapp, por supuesto), que no era nada diestra en el hogar pero que le hacía muy buena compañía; y eso era realmente lo que necesitaba Queenie, a quien no le gustaba estar sola en casa ni siquiera de día.

Zaddie Sapp tenía ya más de cincuenta años, pero seguía siendo perfectamente capaz de encargarse de la casa de Elinor; llevaba haciéndolo treinta años, siempre a plena satisfacción de Elinor. Sin embargo, esta consideró que Zaddie no tenía ya necesidad de trabajar tan duro, de modo que envió a Malcolm a visitar una vez más a los Sapp. Este regresó con una chica que ahora ayudaba en la cocina, otra que no hacía más que limpiar y un chico que se encargaba de los recados.

Tras la muerte de Bray, Oscar solía tomar prestado algún hombre del aserradero para que le hiciera de chófer, pero la situación no era satisfactoria y Oscar declaró que no se sentía cómodo sin un Sapp al volante. Sammy Sapp ya tenía permiso de conducir, pero aún cursaba el undécimo grado en la escuela de Babylon. Oscar lo convenció de que no tenía necesidad de graduarse del instituto —de todos modos, su escuela no era particularmente buena—, y le prometió que le pagaría más de lo que habría cobrado trabajando en el aserradero. Sammy, que estaba ya muy apegado al señor Oscar, necesitó bien poco para dejarse convencer. Este le consiguió un uniforme y compró un Lincoln Continental nuevo en su honor.

Oscar, que cada vez veía menos a causa de las cataratas, hizo que Sammy lo llevara a San Antonio, donde visitó a un oftalmólogo de prestigio. Este le informó de los riesgos de una operación, que podría resultar en ceguera permanente. Oscar no dijo nada de todo eso a su familia. Sammy lo acompañó por todo el campo y a través de una decena de estados, siempre en busca de campos de golf en los que aún no hubiera jugado, donde Sammy le hacía de *caddie*. El joven se convirtió en un experto de la descripción, ya que Oscar, encorvado en el asiento trasero del Continental y cubriéndose los ojos para protegerlos del sol, ya ni siquiera se molestaba en mirar por la ventanilla.

En la granja de Gavin Pond, Grace y Lucille aseguraban que seguían apañándose perfectamente solo con Luvadia y Escue, pero a la hora de la verdad Luvadia tenía ya tres hijos adolescentes —además de Sammy—, que se dedicaban también a ayudar en las tareas de la casa. Además, todos los días había trabajadores del campo que acudían a la granja, además de hombres que se encargaban del mantenimiento de la maquinaria pesada, de la reparación de las vallas, de rellenar los depósitos de petróleo y de cuidar del ganado. Los trabajadores de las plataformas petrolíferas del sur de la granja a veces se acercaban a la casa con alguna excusa, y a la hora de comer rara vez había menos de doce personas sentadas a la mesa de la granja de Gavin Pond.

Después de años procurando no destacar mucho en comparación con el resto de Perdido, los Caskey se habían ido deshaciendo de su ropa de casa más tradicional y ahora exhibían todo su esplendor sin reparos. Cambiaban de coche cada año, volaban siempre en primera clase y, cuando viajaban, se alojaban en los mejores hoteles y compraban en las tiendas más caras. Elinor enviaba a Malcolm a Nueva Orleans una vez al mes, de donde regresaba con un baúl lleno de los mejores vinos y licores. Al cabo del año, Elinor recibía a decenas de hombres de negocios y políticos. De hecho, tenía invitados tan a menudo que pronto se convirtió en la anfitriona perfecta a ojos de todos, pues cumplía con todas sus obligaciones sin esfuerzo aparente y con una elegancia innata. Alguien podría haber dicho que, en Perdido, los Caskey eran cabeza de ratón, pero lo cierto era que tampoco habrían desentonado siendo la cabeza de un animal de dimensiones más considerables.

El pueblo podría haber reaccionado con resentimiento si esos cambios no se hubieran producido de forma tan inconsciente por parte de los Caskey y si la esfera familiar no hubiera crecido de forma tan natural, sin que sus miembros parecieran buscar activamente ningún tipo de ascenso social. Su actitud en el pueblo no presentaba ningún cambio aparente, y no trataban a nadie de forma distinta a como lo habían hecho antes. Si daban una fiesta (algo que ahora hacían con más frecuencia que antes), los Caskey invitaban a la misma gente que cinco años atrás. Solo que ahora era muy probable que los vecinos de Perdido conocieran a uno de los senadores de Alabama, o incluso a los dos, por no hablar de un hombre de Texas que poseía diecisiete mil cabezas de ganado y una mujer que llamaba a la primera dama de los Estados Unidos por su nombre de pila.

De todos los miembros de la familia, Tommy Lee era el que se había visto menos afectado por todos esos cambios. Seguía siendo un chico tímido y retraído. Siempre se lo podía encontrar en algún escondrijo lo más apartado posible. Sus lugares favoritos eran el río, donde le gustaba pescar; el bosque, donde le gustaba cazar; y el dormitorio de Queenie, donde podía pasar horas y horas hablando con su abuela. La mayoría de la familia no lo ridiculizaba por esto, ni mucho menos, pues así mantenía a Queenie entretenida y feliz, y eso era una noble ocupación. Queenie había hecho compañía a Sister durante muchos, muchos años, y ahora Queenie recibía la recompensa a su lealtad a través de su nieto. Dios sabía que Tommy Lee no servía para mucho más.

La única que sí se avergonzaba de Tommy Lee era Lilah, que habría deseado que su primo fuera casi cualquier otro chico del condado. Tommy Lee hacía que la imagen que ella misma proyectaba al mundo fuera imperfecta. ¿Cómo podía mostrarse sofisticada cuando su único pariente adolescente era un troglodita torpe como Tommy Lee? Aunque en realidad no era su primo, por supuesto, sino tan solo el sobrino nieto político de su tío abuelo. Cada vez que alguien en la escuela se refería a Tommy Lee como el primo de Lilah, ella intentaba dejar clara aquella complicada relación de parentesco, pero nunca servía de nada: al día siguiente, Tommy Lee Burgess volvía a ser el primo de Lilah Bronze, lo cual tampoco habría sido tan malo si este no hubiera empezado ya a engordar como todos los Strickland. Queenie estaba gorda y Lucille también. Malcolm era bastante corpulento, pero Miriam mantenía a su marido tan ocupado que este no tenía tiempo para comer todo lo que quería. Por Navidad habían recibido una fotografía de Danjo y su esposa Fred, en Alemania, y también estaba gordo. Danjo y Fred tenían dos niños rechonchos, uno de los cuales era ya *graf*.

Lilah oscilaba entre épocas en las que acosaba a Tommy Lee sin piedad y épocas en las que lo ignoraba por completo. Cuando lo ignoraba por completo, era como si este no existiera: no le dirigía la palabra si se sentaban juntos a la mesa y ni siquiera admitía su presencia cuando giraba la cabeza en su dirección. Cuando se fijaba en él, era solo para machacarlo sin descanso con preguntas que Lilah sabía que no podía responder: «¿Por qué no te pones a dieta?». «Si no vas a ponerte a dieta, ¿por qué no te presentas a las pruebas del equipo de fútbol?». «¿Por qué nunca tienes una cita?». «¿Por qué no le preguntas a Queenie si puedes llevarme a Nueva Orleans para que yo pueda ir de compras?».

Lilah estaba aún en el noveno curso (acababa de empezar a ir al instituto) cuando Tommy Lee se graduó. Este le pidió que lo acompañara al baile de graduación, pero ella se negó: no tenía ninguna intención de asistir a su primer baile de la escuela del brazo de su primo. Tommy Lee acabó yendo solo. Malcolm era uno de los supervisores del baile, y Tommy Lee se pasó toda la noche sentado junto a su tío en un extremo de la sala. Al ver lo triste que estaba Tommy Lee, Malcolm agregó disimuladamente algo de su bourbon al ponche del muchacho.

Fue Lilah quien convenció a Tommy Lee para que fuera a la universidad.

—Tienes que ir, Tommy Lee. Punto.

A Tommy Lee le sorprendió el repentino interés de Lilah por su futuro, y en secreto sospechó que lo que quería en realidad era que se fuera del pueblo. Era perfectamente consciente de lo poco que le gustaba a Lilah tenerlo cerca, pero (en una reacción típica de él) la admiraba precisamente por la vehemencia de la pasión con la que lo aborrecía. Y, aun así, Tommy Lee seguía sin ver qué necesidad tenía él de ir a la universidad.

—A mí todo eso no se me da bien, Lilah

—¿Todo eso?

—Ya sabes, las notas y demás... Además, la abuela me necesita.

—Si fuera por Queenie, te tendría atado a los pies de la cama, eso es lo que le gustaría —espetó Lilah—. Pero como dejes que te retenga aquí, no volveré a dirigirte la palabra.

—La abuela se ha portado muy bien conmigo —señaló Tommy Lee.

—Si fueras a la universidad podrías unirte a una fraternidad —dijo Lilah.

Tommy Lee dirigió una mirada dubitativa a su prima.

—¿Tú crees que me invitarían?

—Pues claro —le aseguró Lilah con decisión—. ¿Sabes por qué? Porque eres rico. De eso se enteran siempre. A los ricos siempre los invitan a unirse a las fraternidades, porque saben que pueden pagar sus cuotas y comprar cerveza para las fiestas. Además, los ricos se llevan sus coches a la universidad y tienen casas en la playa donde montar fiestas y todo eso.

—Pero ¿cómo van a saber que soy rico? —preguntó Tommy Lee, que nunca llevaba más de dos dólares en el bolsillo, ni siquiera cuando iba a Pensacola.

—Lo averiguarán. Buscan los nombres de los alumnos, tienen un libro gordo donde pone si la gente es rica o no. Un amigo mío vio uno en una fraternidad una vez —continuó Lilah con aplomo—. Así que, si fueras a la universidad, podrías unirte a una fraternidad y entonces podrías invitarme a todas las fiestas. Organizan una fiesta cada viernes por la noche durante la temporada de fútbol americano, y el resto del año hay una cada dos sábados.

—¿Pero tú vendrías?

—¡Pues claro!

—¿Y adónde tendría que ir?

—¿Dónde tienes que solicitar plaza, quieres decir? —preguntó Lilah, sopesando la pregunta—. Alabama tiene más fraternidades, pero Auburn está más cerca...

—A mí me da igual —respondió Tommy Lee—. Lo que tú decidas, Lilah.

De pronto comprendió que el hecho de que se

marchara a la universidad cumpliría un doble cometido a ojos de Lilah. De entrada lo haría desaparecer del pueblo, donde no era más que un motivo de bochorno para ella, y luego le serviría para que la invitaran a las fiestas que organizara alguna fraternidad. Acudir a una de esas tan cacareadas orgías de alcohol y actitud deliciosamente libertina siendo aún una simple estudiante de segundo de secundaria le garantizaría a Lilah la admiración instantánea, exaltada e irrefutable de sus compañeros de clase.

—Bueno, hasta que aprenda a conducir tendrás que venir a recogerme el viernes por la tarde y traerme de vuelta el sábado. Auburn está más cerca, o sea que es mejor que de momento vayas a Auburn. Y cuando logre sacarme el permiso de conducir, entonces tal vez puedas cambiarte a Alabama.

Y así fue como Tommy Lee Burgess decidió solicitar su ingreso en Auburn. Su solicitud, aunque tardía, fue aceptada.

Grace y Lucille estuvieron muy orgullosas, por supuesto. Las dos consideraban que Tommy Lee era un caso perdido, y así lo habían reconocido, de modo que ambas se complacieron con la idea de que siguiera estudiando e hiciera algo más con su vida de lo que nadie había previsto.

Queenie, en cambio, quedó abatida, aunque no podía negarle a su nieto el derecho a ir a la universidad. De hecho, haciendo acopio de toda su fuerza de voluntad, se abstuvo de intentar disuadirle de sus planes, ni siquiera de forma sutil. Solo podía alegrarse por él y comprarle más ropa de la que iba a caberle en el maletero del coche. De hecho, Queenie le compró un coche nuevo, con un maletero más grande, solo por eso. Insistió en acompañarlo a Auburn y ayudarlo a instalarse en la residencia, pero Lilah le pidió que no lo hiciera.

—A ver, Queenie —dijo en un tono tan tajante como el de la propia Miriam—, va a durar allí dos semanas como máximo.

A Queenie le dio un vuelco el corazón solo de pensarlo.

—¿Tú crees? —exclamó—. ¡Quieres decir que extrañará tanto su casa que volverá corriendo a Perdido! La verdad es que yo tampoco he creído nunca que Tommy Lee esté hecho para la universidad...

—No, no es eso —la interrumpió Lilah con impaciencia—. Quiero decir que se mudará a la casa de una fraternidad. Apuesto a que será Pi Eta. Pi Eta siempre recluta a los chicos más ricos. Dan una fiesta de togas cada septiembre. O sea que Tommy Lee vendrá a recogerme, ya ha prometido invitarme. Por supuesto, si se comprometiera con Pi Epsilon, estos organizan una noche polinesia. Yo prefiero una fiesta polinesia a una de togas, pero aun así apuesto que Tommy Lee va a ingresar en Pi Eta.

La última semana de agosto de 1961, Queenie y Tommy Lee fueron a Auburn en el nuevo coche de este. Queenie se aseguró de dejarlo instalado en su cuarto de la residencia y vio —no sin cierto placer— cómo su nieto intentaba sin éxito meter su montaña de ropa nueva en el estrecho armario y la única cómoda baja que le habían asignado. Entonces apareció el compañero de habitación de Tommy Lee y Queenie los llevó a ambos a cenar siluro.

Queenie pasó la noche en el Hotel Auburn y le pidió a Tommy Lee que se quedara con ella, en lugar de en su nuevo dormitorio. Al día siguiente Lucille llegó en coche y Tommy Lee se la presentó a su sorprendido compañero de cuarto como «mi madre granjera». A última hora de la tarde, y tras una despedida lacrimógena, Lucille llevó a Queenie de vuelta a Perdido y se sentó con ella en el porche de la casa de James hasta medianoche.

—Me siento tan sola que no puedo ni entrar, sabiendo que Tommy Lee no va a estar ahí —repetía Queenie una y otra vez.

—Tienes que entrar, mamá; yo estoy a punto de caerme de sueño y Grace me está esperando en la granja.

Queenie suspiró, se levantó de la silla y dejó que Lucille la acompañara adentro.

—Podría matar a Lilah Bronze por haberle metido a Tommy Lee esta idea en la cabeza. Y todo porque Lilah quiere un acompañante para una fiesta donde nadie lleva nada más que una sábana y una falda de hierba. Podría haberse vestido así en casa y nadie en todo Perdido habría dicho una palabra al respecto. Pero no —añadió Queenie con un suspiro—, tenía que llevarse a Tommy Lee.

—Bueno, mamá —replicó Lucille, sin mucha simpatía—, ahora ya sabes cómo nos sentimos Grace y yo cuando nos quitaste a Tommy Lee.

—¿Os sentisteis así? —preguntó Queenie, ausente.

—Pues sí —respondió Lucille, y a continuación se dio media vuelta y se marchó.

Queenie oyó los pasos de su hija mientras esta salía de la casa. La oyó cerrar la puerta principal, recorrer el porche y bajar los escalones. La oyó cruzar el patio hacia su coche aparcado en la carretera. Este se puso en marcha y pronto el ruido del motor se perdió tras la barrera de ligustro que crecía al este de la casa.

Queenie ni siquiera fingió que quería dormir. Solo quería pensar en Tommy Lee y en el hecho de que este estaba en Auburn, en una habitación abarrotada de un edificio de hormigón, la residencia de los estudiantes de primer año, en lugar de estar donde debería: cómodamente acostado en su mullida cama de la habitación contigua, en un rincón oscuro y seguro de aquella vieja casa, a la sombra del dique del Perdido. Pasó mucho tiempo despierta, pensando en su nieto y rememorando todas las veces que se había sentado a la mesa del comedor y lo había visto desayunar, todas las veces que habían ido juntos a cenar a casa de Elinor, todas las veces que habían jugado al solitario doble hasta altas horas, cómo solían sentarse juntos a ver la televisión o alguna película en el autocine Starlite, cómo se daban las buenas noches al menos cinco veces por noche y se daban un beso antes de acostarse en sus respectivas camas. Y pensó en cómo todas las noches, durante tres años, Tommy Lee había impedido que Carl Strickland volviera a aquella casa.

Tommy Lee la había protegido, y ahora Queenie estaba sola.

Queenie se quedó totalmente inmóvil. Ya no pensaba en Tommy Lee, sino tan solo en el hecho de que estaba sola.

En medio de aquella quietud, Queenie oyó el tintineo de platos dentro del armario de la cocina. En realidad, más que un tintineo fue una pequeña vibración, pero Queenie llevaba demasiado tiempo viviendo en aquella casa como para no saber cuándo la vajilla estaba alterada dentro del armario. En el otro extremo del oscuro pasillo, más allá de la puerta de batiente manchada de oscuro, en los armarios cerrados, la vajilla elegante de James se agitaba con los pasos furtivos de alguien que caminaba con gran sigilo de un lado para otro, por el porche delantero.

A Queenie le asaltó de repente la duda de si Lucille había cerrado o no la puerta principal. Salió de la cama y se acercó lentamente a la puerta de su habitación. Se asomó al pasillo y miró hacia la parte delantera de la casa. Todo estaba a oscuras y en silencio.

Salió al pasillo y los cristales de los candelabros de la mesa del comedor tintinearon levemente. Pero eso no asustó a Queenie, que sabía que habían sido sus propios pasos los que habían provocado aquella vibración.

Se dirigió enseguida hacia la puerta principal. La distinguía con total claridad: su marco blanco brillaba en la penumbra de la casa oscura y los visillos blancos que cubrían las ventanitas de cristal temblaban casi imperceptiblemente con sus pasos. Incluso vio la llave en la cerradura. Y vio cómo esta giraba en ella.

De pronto la casa entera empezó a temblar. Al otro lado de la puerta, alguien hacía girar la llave en la cerradura al tiempo que sus botas resonaban por todo el porche: primero un pie y luego el otro, una y otra vez. La llave giraba y giraba en el ojo de la cerradura de una forma nada habitual: giraba rápido y luego más rápido aún, mientras todas las copas y vajillas de la casa traqueteaban y tintineaban en la oscuridad. Aquellas pisadas seguían resonando —primero una, luego otra— por todo el porche, y la casa entera temblaba, mientras Queenie seguía quieta frente a las puertas dobles abiertas del comedor, firmemente plantada en el suelo. La casa en penumbra se llenó de música, la música de cristales que tintineaban y se rompían, un estridente y tumultuoso acompañamiento para aquel escándalo de pisadas sobre las tablas sueltas del porche. La llave seguía dando vueltas, captando una luz que no parecía existir en ningún otro lugar de la sala y proyectándola contra los ojos de Queenie, que era incapaz de apartar la mirada. Mareada, se agarró al marco de la puerta para no caerse. Entonces vio cómo la llave salía de la cerradura, y aunque esta cayó sobre el suelo de madera, Queenie no oyó su tintineo sobre la ruidosa música de la casa, que le latía en los oídos.

Por debajo del tumulto distinguió el borboteo de las aguas del Perdido, que fluían como nunca lo habían hecho, o tal vez era la sangre en su cabeza, que palpitaba desbocada al ritmo de los pasos en el porche y el traqueteo de las mil piezas de loza, cristal y porcelana en la casa oscura.

Una pastora de Meissen, en un extremo de la repisa de la chimenea del comedor, y su amante, en el extremo opuesto, saltaban y brincaban al compás de aquella música desenfrenada, y mientras miraba a la pastora, con su dócil corderito adornado con cintas, y al pastor, con su cayado y su gaita, Queenie oyó su delicada música. El pastor tocaba la gaita y la pastora cantaba al ritmo de las pisadas del porche. Queenie escuchó la canción y creyó entender la letra, y sin duda habría podido agarrar las figuritas si, de repente, la pastora de Meissen y el pastor de Meissen no hubiesen saltado por los aires y hubiesen caído más allá del borde de la repisa, de los azulejos con flores de Delft pintadas, de la fría rejilla bruñida y de las frías cenizas, hasta estrellarse contra los duros ladrillos de la chimenea. La gaita dejó de sonar y el canto se terminó; la pastora y su amante, convertidos en un montoncito de porcelana de colores, ya no volverían a cantar y nadie podría arreglarlos.

La chica de los Sapp que solía preparar el desayuno de Tommy Lee acudió a la casa a la mañana siguiente por simple hábito, aun sabiendo que ya no la necesitaban.

Pero pronto deseó haberse quedado en su casa: encontró a Queenie, fría y muerta, en el suelo, ante la puerta abierta del comedor. Tenía dos monedas de veinticinco centavos, ambas con fecha de 1929, sobre los ojos y la llave de la casa metida en la boca.

7
La universidad

El testamento de Queenie Strickland repartió toda su fortuna entre su hija Lucille, su hijo Malcolm y su nieto Tommy Lee Burgess. Pero recibir todo ese dineral, acciones, tierras y rendimientos en forma de *royalties* y dividendos no supuso ninguna diferencia para los tres herederos. Lucille llevaba tanto tiempo viviendo con Grace —quien debía también su fortuna al testamento de su padre, muerto hacía ya años— que ni siquiera se paró a pensar cómo podía sacarle partido a su nueva riqueza. En cuanto a Malcolm, lo único que preguntó fue: «Miriam, ¿quieres hacer algo con este dinero?». Ella dijo que no, y Malcolm dejó que Billy Bronze siguiera invirtiéndolo como creyera conveniente. A Malcolm le asombraban los estados de cuentas que Billy le mandaba todos los meses y en los que se detallaba su propia fortuna, pero al final aquellos números no tenían ningún significado para él. El dinero significaba aún menos para Tommy Lee, que no era nada feliz en Auburn. Las clases de la universidad no le gustaban, seguía sin hacer amigos con facilidad, echaba mucho de menos Perdido y lloró sinceramente la muerte de su abuela. A su compañero de cuarto le costaba creer que la familia de Tommy Lee tuviera dinero, ya que este siempre parecía estar arruinado, pero le bastó con echar un vistazo a uno de los estados de cuentas de Billy Bronze para convencerse de su error. Nunca había oído hablar de nadie que fuera tan rico como Tommy Lee Burgess, y le dio un buen consejo: «Abre una cuenta corriente aquí, en Auburn. Así no tendrás que conducir hasta Perdido cada vez que necesites un billete de cinco dólares».

Tommy Lee podría haber sacado provecho de los consejos de su compañero de cuarto en otros asuntos, pero las cosas sucedieron tal como Lilah había previsto y lo invitaron a unirse al capítulo de Pi Eta en Auburn. Para satisfacer a Lilah —y desde luego, no porque a él le apeteciera—, aceptó y se mudó de la residencia a la fraternidad. El fin de semana de iniciación, lo desnudaron, lo ataron de pies y manos, lo metieron en el maletero de su propio coche y lo abandonaron en un banco de arena del río Chattahoochee.

El viernes siguiente condujo hasta Perdido y recogió a Lilah. Las fiestas de togas eran ya cosa del pasado en Pi Eta, y el tema de la primera fiesta de la fraternidad fue la era anterior a la guerra civil. Aquello era más del agrado de Lilah, ya que le permitía lucir algunas de las joyas que había acumulado.

Esa primavera Lilah acudió a todas las fiestas de Pi Eta y el otoño siguiente asistió a todos los partidos de fútbol americano de Auburn, tanto en casa como fuera, por cortesía de Tommy Lee. A los vecinos de Perdido les pareció un poco osado para una estudiante de segundo año de instituto, pero después de todo Tommy Lee era su primo. «Ojalá yo hubiera tenido las oportunidades de Lilah a su edad —se limitó a decir Miriam—. Desde luego, no pienso interferir en sus placeres».

En el verano de 1963, Lilah se sacó el permiso de conducir y al otoño siguiente empezó a ir sola hasta Auburn para asistir a las fiestas de Pi Eta. No permitió que Tommy Lee volviera a casa hasta el día de Acción de Gracias, ya que no quería dejar de disfrutar de un solo fin de semana lejos de Perdido, y se puso furiosa cuando el asesinato del presidente Kennedy obligó a cancelar la fiesta más importante de Pi Eta.

En la primavera de 1964 llegó el momento de que Lilah solicitara su propio ingreso en la universidad. Tommy Lee supuso que querría ir a Auburn, ya que el lugar parecía gustarle mucho, pero el resto de los Caskey consideraron que aquella era una suposición precipitada. Todavía recordaban que Miriam no había anunciado su intención de ir a la universidad hasta el mismo día en que se había marchado de Perdido, y no esperaban nada mejor por parte de Lilah. Tenían razones de sobra. De hecho, si Lilah había solicitado ya plaza en alguna universidad, no se lo había dicho a nadie. Miriam tenía sus sospechas, que incluso compartió con Elinor: «Mamá, creo que Lilah está tramando algo». Era obvio que tramaba algo, pues había arrancado a Miriam y a Malcolm la promesa de que ni siquiera mirarían los remitentes de las cartas que le llegaran por correo.

Tanto Elinor como Miriam habrían negado que estuvieran acercándose la una a la otra, pero ambas eran mujeres maduras, bien asentadas en sus rutinas e identidades. Miriam tenía poco más de cuarenta años y Elinor debía de tener al menos veinte más. A Miriam le encantaba el café —de hecho, era casi adicta— y se quedaba en la mesa hasta mucho después de que todos los demás se hubieran marchado. A menudo Elinor se quedaba con ella, con una taza de café frío delante como excusa para quedarse.

—Te vas a sentir sola cuando Lilah se marche —advirtió Elinor a su hija—. Tan sola como yo cuando me la quitaste.

—Pero lo has superado —dijo Miriam encogiéndose de hombros.

—No del todo —repuso Elinor—. Todavía la echo de menos.

Miriam sonrió.

—¿Quieres que vuelva?

—¿Tal como es ahora? —preguntó Elinor, negando con la cabeza con el ceño fruncido; era una pregunta retórica.

—¿Qué quieres decir con eso de «como es ahora»?

—Antes era una niña la mar de dulce —dijo Elinor.

—Lilah nunca fue dulce —dijo Miriam.

—Tú tampoco. Pero al menos a Lilah podía tenerla controlada mientras vivía aquí; no permitía que siempre se saliera con la suya.

—¿Y yo? —preguntó Miriam.

—Le das todo lo que quiere. Le das mucho más de lo que necesita.

—Me gusta darle cosas a Lilah —se justificó Miriam—. Ojalá la abuela y Sister me hubieran dado más cosas a mí cuando yo tenía su edad. Todo lo que he tenido en la vida lo he conseguido sola. He trabajado mucho y me he ganado todo lo que tengo.

—Lilah, en cambio, no se ha esforzado en su vida. Nunca ha ganado nada.

—Lilah se ha graduado como la mejor de su clase. Nunca he visto a una chica tan inteligente. Podría haber ido a la universidad hace dos años, si la hubieran admitido.

—Lilah no ha tenido que esforzarse para obtener esas calificaciones —dijo Elinor—. Repito: Lilah nunca ha tenido que esforzarse para nada. Y creo que se te ha olvidado hacerle ver algo.

—¿Qué, mamá? —preguntó Miriam.

Elinor no contestó de inmediato, sino que acarició sus perlas negras con una sonrisa mientras parecía saborear la palabra «mamá».

—Lilah es el único miembro de la familia que no posee nada.

—¿Qué quieres decir? —preguntó Miriam.

—Lo que quiero decir es que a todos los demás alguien les ha dejado dinero, mucho dinero —explicó Elinor—. A todos, incluidos Malcolm y Tommy Lee. Todos tienen dinero, y mucho. He visto los estados de cuentas mensuales de Billy y Lilah es la única de la familia que no recibe nada.

—¿Tú no vas a dejarle nada en tu testamento? —le preguntó Miriam—. Es tu nieta...

—No te voy a decir lo que pone en mi testamento, Miriam; no lo sabrás hasta que me muera. Y te aconsejo que no te impacientes: puede que viva aún mucho tiempo.

—Bueno —dijo Miriam—, alguien va a dejarle algo. Billy. ¿Qué hay de Billy? ¿A quién más va a dejarle Billy su dinero? ¿Y Oscar? Oscar tiene mucho. No estoy preocupada por Lilah. No creerás que yo la voy a dejar sin nada, ¿verdad?

—No —dijo Elinor—, no lo creo. Solo creo que no le vendría mal que le hicieras ver que debería estarte un poco agradecida por todo lo que has hecho por ella.

—No busco ningún agradecimiento, mamá. Cuando quiera uno, le diré a Lilah que me mande una tarjeta.

—Pues como no la compres tú y lamas tú misma el sello...

Miriam le pidió a Zaddie que saliera de la cocina, y esta, sin que tuvieran que pedírselo, sacó otra cafetera.

—Mamá —dijo Miriam—, ¿tú qué crees que va a hacer Lilah con la universidad?

—No lo sé. ¿Por qué no se lo preguntas?

—No es asunto mío —respondió Miriam—. Tiene que decidir ella. Sabe mejor que yo cuáles son las universidades buenas y cuáles no. Yo estudié durante la guerra, ahora todo es muy distinto.

—Pero la matrícula se la pagarás tú. Tienes derecho a saberlo.

—Tommy Lee cree que irá a Auburn.

Elinor negó con la cabeza.

—Lo dudo. Eso es solo lo que le gustaría a él. De

todos modos, no creo que debas preocuparte por la universidad a la que va a ir. Lo que debería preocuparte es si volverás a verla una vez se haya ido.

El verano tocaba ya a su fin y Lilah seguía sin soltar prenda. A las postrimerías de agosto, Miriam tuvo que ir a Nueva York y, como es lógico, le preguntó a Lilah si quería acompañarla. Lilah hizo las maletas, y ella, Miriam y Malcolm partieron al día siguiente. Se hospedaron cuatro noches en el Plaza. Durante el día, mientras Miriam se encargaba de los negocios, Lilah se llevaba a Malcolm a hacer la ronda por la Quinta Avenida y la Avenida Madison, donde se dedicaba a comprar ropa. Malcolm cargaba con los paquetes y firmaba los cheques, y ni una sola vez se le ocurrió quejarse del dinero que gastaba Lilah.

La tarde del cuarto día, cargado de paquetes, Malcolm entró tambaleándose detrás de Lilah en un restaurante de la calle 57 Este. Se sentaron, Lila le pidió una bebida y Malcolm dijo:

—Lilah, se te ha olvidado comprar una cosa.

—¿Qué?

—Un par de maletas más para llevar todo esto de vuelta a casa.

—No las voy a necesitar —contestó Lilah.

—¿Qué quieres decir?

—Quiero decir que me quedo aquí.

Malcolm miró alrededor del restaurante con perplejidad.

—¿En el Plaza? ¿Tú sola?

—No, Malcolm, ni en el Plaza ni yo sola. Voy a estudiar aquí. En Barnard. Es la universidad femenina adjunta a Columbia, aquí, en Nueva York. Es una buena universidad. La orientación para estudiantes de primer año comienza el lunes. Ya me han asignado mi habitación en la residencia. Y esto —añadió, señalando los paquetes que había amontonados debajo de la mesa— es mi vestuario de otoño.

Fue una suerte que ya le hubieran llevado la bebida a Malcolm.

—Tráigale otra —le indicó Lilah al camarero.

Malcolm le dio un buen trago a su primera copa.

—¿Se lo has dicho ya a Miriam? —preguntó finalmente con aprensión.

—No lo sabe nadie, solo tú.

—Cariño —dijo Malcolm—, todo el mundo en Perdido se va a llevar un buen disgusto cuando vean que no regresas con nosotros. ¿Has pensado en eso?

—No tengo tiempo de volver a Perdido, Malcolm. Te lo acabo de decir: la orientación para los de primero es el lunes.

—Pero supongo que eso ya lo sabías cuando decidiste acompañarnos...

—Pues claro, lo sé desde hace meses. Iba a tener que subir este fin de semana de todos modos; fue una suerte que tú y Miriam tuvierais que venir también.

—Pero ¿por qué no te despediste de todos cuando te fuiste?

—Porque no quería que todo el mundo me babeara —dijo Lilah—. Así que no empieces tú tampoco, Malcolm. Ahí viene tu otra bebida.

Fue Malcolm quien esa noche, cuando esta volvió al hotel, le comunicó a Miriam los planes de Lilah, que estaba sentada en el borde de la cama de la habitación contigua, esperando a que sonara el teléfono. No tardó nada.

—Pues nada —dijo Miriam en tono cortante—, ¿has visto ya tu habitación?

—No —respondió Lilah—. La residencia no abre hasta el lunes.

—Apuesto a que es una caja de cerillas. La mía lo era. ¿No prefieres un apartamento?

—Deja que viva en la residencia por un tiempo y luego ya veré —dijo Lilah.

—¿Hay sororidades en Barnard? —preguntó Miriam.

—No. Y no me importa, ya soy demasiado mayor para esas tonterías.

—¿Quieres que Malcolm y yo nos quedemos hasta el lunes y nos aseguremos de que quedas bien instalada?

—¡Por Dios, no! —exclamó Lilah, que se estremeció ante la idea de aparecer con sus padres adoptivos en su primer día de universidad. Pero finalmente cedió—. Bueno, quedaos hasta el domingo por la noche y coged el vuelo de regreso entonces. Dejad la factura del hotel pagada para que yo pueda quedarme hasta el lunes por la mañana y ya está.

Y así se hizo. Tommy Lee fue el único que se sorprendió cuando Miriam y Malcolm regresaron de Nueva York sin Lilah. Era justo lo que la familia había estado esperando de la chica. La mesa de Elinor, que apenas se había recuperado de la ausencia de Queenie, quedó sumamente menguada.

—¿Le habéis preguntado si podremos volver a verla alguna vez? —preguntó Oscar durante la cena.

—Dijo que podíamos ir a visitarla a Nueva York —dijo Malcolm—, siempre y cuando no fuéramos a la universidad. Y que no quería presentarnos a sus amigos.

Malcolm se encogió de hombros, como diciendo: «¿No es justo lo que uno habría esperado de ella?», y todos en la mesa asintieron, como si hubiera pronunciado esas palabras en voz alta.

—Va a echar de menos Perdido —auguró Billy Bronze.

—¿Lilah? —exclamó Miriam.

—A ti te pasó —soltó Elinor—. Y eso que tu universidad estaba a apenas ochenta kilómetros de aquí, en Mobile. Grace nos contó que cuando fue a verte llevabas todo el curso llorando por las noches antes de dormir.

—No me acuerdo —dijo Miriam.

—Claro que te acuerdas —replicó Oscar—. Nunca había visto a nadie tan contento de volver a casa ese primer Día de Acción de Gracias.

—Más te vale no perder el contacto con ella —dijo Billy—. Más te vale asegurarte de que sea feliz allí.

—No voy a estar siempre encima de ella —dijo Miriam, negando con la cabeza—. Creería que trato de entrometerme.

—Solo asegúrate de ir a Nueva York con la mayor frecuencia posible —dijo Elinor, ignorando el razonamiento de su hija—. Mantente al corriente. Y, Malcolm, tú también puedes ir a verla por tu cuenta. Que parezca que no vas por ella, dile que has ido a entregar unos papeles o algo así. Y cómprale ropa nueva.

—Sí, eso le gustaría —dijo Malcolm, asintiendo con la cabeza.

Pero los Caskey no tenían por qué preocuparse: Lilah se las apañaba bastante bien sola. Si Miriam, Malcolm o Billy iban alguna vez a Nueva York se alegraba de verlos, y una vez incluso presentó a Miriam a su compañera de cuarto. Aquel primer año volvió a casa por Acción de Gracias, por Navidad y durante las vacaciones de primavera, pero pasó el verano viajando por Europa, donde evitó deliberadamente a Danjo, por mucho que el hijo de este fuera un *graf*.

En su segundo año en Barnard se mudó a un apartamento en el East Side, y a partir de entonces Miriam y Malcolm se alojaban siempre en el Carlyle, a solo tres manzanas del apartamento de Lilah. Durante ese año solo volvió a Perdido por Navidad. En tercero volvió a casa una sola vez, un fin de semana de abril, y eso fue porque era el cuarenta y cinco cumpleaños de Miriam y esta la sobornó con un doble collar de perlas para que acudiera a la fiesta, como una especie de regalo de cumpleaños inverso.

Después de terminar la carrera en Auburn, Tommy

Lee había vuelto a Perdido. Miriam le había ofrecido un trabajo en el aserradero, pero él había preferido volver a la granja de Gavin Pond con Grace y Lucille. Estas estaban muy contentas de tenerlo en casa, aunque bastante sorprendidas de que hubiera elegido quedarse con ellas.

—Este lugar es un muermo —dijo Lucille—. No hay nada que hacer. Grace y yo creíamos que tal vez te mudarías a Nueva York para estar cerca de Lilah.

—Lilah no me quiere —suspiró Tommy Lee.

—Tal vez alguna otra chica sí... —sugirió tímidamente Grace, pero Tommy Lee negó con la cabeza—. Pues muy bien —dijo Grace con decisión—. Los hombres no tienen por qué casarse; solo causan problemas a las mujeres, no sirven para nada más. Yo te quiero, Tommy Lee, pero seguramente no serías mejor que la mayoría de ellos.

—No —coincidió Tommy Lee—, seguramente no.

Tommy Lee se dedicaba a cazar, a pescar y a todo lo que hacía siete años atrás, antes de irse a vivir con Queenie a Perdido. Parecía que era realmente feliz y que no deseaba un tipo de vida distinta a aquella, tan tranquila y despreocupada. En una ocasión, a falta de algo mejor que hacer, había cogido una de las barcas de Grace y había remado hasta el pantano que había al sur de la granja. Allí se había perdido entre el laberinto de canales y montículos, y había terminado en una de las plataformas petrolíferas. Eso le interesó, y abordó a los hombres que trabajaban allí con una serie de preguntas; cuando descubrieron que era un miembro de la familia propietaria de los terrenos, los hombres se mostraron bastante dispuestos a complacerlo. Volvió al pantano al día siguiente, y también al otro, y pronto aprendió todo lo que había que saber. Finalmente le contó a Miriam varias cosas que resultaron ser de gran valor, información que las compañías petroleras esperaban poder ocultarles a los Caskey. Miriam se dio cuenta de que, después de todo, Tommy Lee podía ser un activo para ella y para la familia. Habló largo y tendido con él acerca del negocio petrolífero y de todos los documentos, libros de contabilidad y contratos que este había generado, y Tommy Lee lo entendió todo sin mucha dificultad. Al fin y al cabo —y a falta de algo más interesante—, había acabado estudiando Comercio en Auburn.

A partir de entonces, cuando Malcolm estaba indispuesto u ocupado, Miriam se llevaba a Tommy Lee a sus viajes a Houston, Nueva Orleans o Nueva York. Sin que nadie se lo dijera, Grace mandó construir un ala adyacente a la casa con oficinas para Tommy Lee, y contrató a un par de chicas del instituto de Babylon para que lo ayudaran con su creciente papeleo.

Tommy Lee se hizo amigo de muchos de los hombres que trabajaban en las plataformas petrolíferas. A menudo, por las noches, varios de ellos se acercaban a la casa para beber cerveza, contar historias y reñir a Tommy Lee por querer seguir ganando dinero cuando ya tenía tanto. Grace y Lucille entraban y salían de aquellos cónclaves con enormes ollas de gambas hervidas, cuencos de patatas fritas y cajas de cerveza fría.

Aquellos hombres eran buena gente, sostenía Grace, porque trabajaban duro y no tenían interés en casarse.

Pero si en aquella época la granja de Gavin Pond estaba a menudo abarrotada, con los nuevos amigos de Tommy Lee y los diversos empleados de la granja, las residencias de los Caskey en Perdido parecían particularmente desoladas. Elinor, Oscar y Billy vivían solos en la casa principal, envejeciendo juntos; en la casa de al lado, Malcolm veía la televisión por la noche junto a Miriam, que se sentaba con sus papeles esparcidos por la amplia mesa de café que había delante del sofá.

La casa de Queenie seguía vacía, aunque poco a poco se había ido llenando con los detritos que generaba la opulencia de la familia Caskey: viejas prendas metidas en cajas amontonadas en las habitaciones, muebles que ya nadie quería apretujados en habitaciones repletas, alfombras deshilachadas y enrolladas apiladas a lo largo de las paredes... Billy guardaba en aquella casa los archivos familiares más antiguos, en cajas cuidadosamente dispuestas y etiquetadas. La cocina estaba atestada con los viejos muebles de porche. El dormitorio de Queenie tenía más de veinte lámparas de pie en un rincón, todas ellas esperando una reparación que nunca llegaría. Los juguetes de los pocos niños Caskey se conservaban religiosamente en la vieja habitación de Tommy Lee. Las preciosas baratijas de James, que nadie se había tomado la molestia de guardar adecuadamente después de su muerte, fueron deslizándose de sus estantes y haciéndose añicos, una a una. Nadie las veía caer, nadie las oía, pero cada vez que alguien entraba en la casa había otro montoncito de porcelana, cristal o loza en el suelo. Todo estaba cubierto de polvo y las ratas roían las esquinas de las puertas cerradas. En la buhardilla no vivían ardillas, sino una familia entera de mapaches. Una de las chicas de los Sapp empleada por Miriam se negaba a entrar en la casa, pues aseguraba que bajo los escalones traseros se criaban serpientes de cascabel.

Una noche de tormenta, en 1965, cayó un rayo sobre uno de los robles de la parte trasera de la casa. El tercio superior del árbol se partió y aplastó el antiguo dormitorio de James. El agujero resultante era francamente antiestético, pero estaba en el lado de la casa que no se veía desde la casa de Miriam, de modo que se limitaron a parchearlo con chapas de acero.

Una noche de invierno de 1966, mientras los Caskey cenaban, la casa de James se incendió. Ni todos los medios de extinción de incendios de Perdido lograron impedir que la casa se consumiera hasta los cimientos en menos de media hora. Los Caskey presenciaron el incendio desde el porche lateral de la casa de Miriam con lo que parecía una impasibilidad absoluta, mientras Zaddie servía el postre y Elinor rellenaba las tazas de café con uno de los mejores jarrones de plata de James.

8

Oscar y Elinor

Oscar se convirtió de repente en un anciano. La culpa de ello la tuvo el incendio de la casa de Queenie, aunque en su momento no le había dado importancia al suceso. Elinor le anunció la llegada de los bomberos y él se dedicó a saludarlos mientras se tomaba un café en el porche de Miriam. Lo único que lamentó en su momento fue que muchas de las cosas que había guardadas en la casa aún podrían haber servido si se las hubieran regalado a alguien.

—¡Pobre Queenie! —suspiró—. Pobre James, pobre Genevieve y pobre mamá.

En cambio, aseguró, no lamentaba que la casa se hubiera perdido. Ya era vieja y, además, mantener una casa deshabitada resultaba imposible. La construcción amenazaba ruina y, según le había contado Sammy Sapp, cien mil pulgas saltaban de la alfombra a tu ropa en cuanto entrabas por la puerta. Miriam tenía la opción de contratar a un hombre de color para que convirtiera el solar en un jardín, o podía mandar construir un gran garaje para todos sus coches. La casa no era necesaria y tarde o temprano habría terminado quemándose de todos modos.

Pero a partir de esa noche la soledad fruto de la supervivencia pareció apoderarse de Oscar, que empezó a echar de menos a James, a su madre y a Queenie con una frecuencia y una intensidad que lo sorprendía y lo alarmaba. Con el paso de los días se le fue oscureciendo la vista, y a medida que la luz real del mundo exterior se desvanecía, las viejas sombras se le hacían visibles. Cuando la casa estaba en silencio y pensaba en otra cosa, oía sus voces, llamándolo. Al final del partido de béisbol apagaba la radio y oía a Genevieve Caskey, ni más ni menos, pronunciando su nombre en una habitación lejana. «¡Ven aquí!», la oía gritar, y a él le faltaba poco para levantarse de la silla.

O soñaba con su madre, que yacía inmóvil en la cama de la habitación delantera. Esta abría los ojos y lo llamaba débilmente. Justo cuando Oscar iba a levantarse de la mecedora a los pies de la cama, se despertaba, pero aun así seguía oyendo la voz de Mary-Love, que sonaba amortiguada, como si lo llamara desde detrás de la puerta cerrada de la habitación delantera.

Todas las mañanas a primera hora, Sammy Sapp lo llevaba al Club de Campo del Lago Pinchona para jugar una o dos rondas de golf, pero Oscar perdía la pelota de vista en cuanto esta salía del *tee* y solo tenía una vaga idea de la ubicación del *green*. «¿Dónde ha ido, Sammy?», preguntaba después de cada golpe. Independientemente de dónde hubiera terminado la pelota, Sammy guiaba al señor Oscar más cerca del *green* y dejaba caer una de las pelotas de recambio que llevaba en el bolsillo en un lugar favorable. Oscar sospechaba vagamente de aquel subterfugio, pero sabía que ya no podía jugar de otra forma. A las diez, cuando empezaban a llegar los otros jugadores, Oscar afirmaba que estaba cansado y le pedía a Sammy que lo llevara a casa.

Tenía una potente radio en la sala de estar del piso de arriba, donde pasaba toda la tarde sentado, escuchando cualquier partido de béisbol que dieran y leyendo con los ojos entrecerrados los periódicos de Mobile, que sostenía cuidadosamente bajo la luz del sol de la tarde que entraba a través de las ventanas del oeste. Cuando no había partido, leía los periódicos en silencio. Había intentado volver a reunir a su grupo de dominó, pero sus compañeros de juego estaban tan ciegos como él y pronto se dieron cuenta de que por la noche se confundían al contar los puntos de las viejas fichas de marfil amarillentas.

Billy y Miriam lo mantenían al corriente de las noticias del aserradero y del negocio petrolífero, pero Oscar solo escuchaba a medias. Todo eso ya no le interesaba. Su única preocupación real eran Tommy Lee y Lilah: quería saber cuándo iban a encontrar pareja.

—Necesitamos bisnietos, Elinor —decía sin tapujos—. Necesitamos que Tommy Lee y Lilah encuentren a alguien y se establezcan. Y que nos den más bebés.

—Para poder robárselos, quieres decir —decía Elinor en tono burlón.

—Hace mucho tiempo que no tenemos bebés por aquí... —respondía Oscar—. Esta casona está muerta y la de Miriam no está mucho mejor. Y supongo que ya es demasiado tarde para que Miriam tenga hijos propios...

—Pues sí —decía Elinor.

—E imagino que Billy no se volverá a casar.

—No —coincidía Elinor.

—Como Tommy Lee y Lilah no se pongan manos a la obra, nos vamos a sentir muy solos —aseguraba Oscar.

—Todavía son jóvenes —señalaba Elinor.

—Ya lo sé, pero si no se dan prisa, a nosotros ya no nos servirá de nada.

Hacía ya muchos años que no quería tener nada que ver con la gente que no conocía. Solo reconocía a la gente por sus voces, y las voces nuevas le producían incomodidad y extrañeza. Declaró que la chica Sapp que se encargaba de la limpieza no tenía ni idea de cómo se hacía una cama de plumas, y a partir de aquel momento les tocó a Elinor y Zaddie hacer la cama y esponjar sus cuatro colchones de plumas como a él le gustaba. Al final de la tarde, Sammy lo llevaba a dar una vuelta por el pueblo en la parte trasera del Continental. Sammy iba describiendo todo lo que veía a ambos lados de la calle.

—Ahí está el señor Cailleteau saliendo de la farmacia, señor Oscar, salúdelo por la ventana izquierda.

Y la señora Gully está saliendo del aparcamiento de Piggly Wiggly en su nuevo coche, un Chevy rojo. No nos ha visto, o sea que no hace falta que salude...

Oscar nunca bajaba a recibir invitados y cuando había algún desconocido en la mesa, se retiraba lo antes posible. A veces incluso se excusaba diciendo que no se sentía bien y hacía que Zaddie le llevara la cena al piso de arriba, donde comía mientras escuchaba las noticias en la televisión. Zaddie se sentaba a su lado y hablaba con él para hacerle compañía y para, si derramaba la comida o necesitaba algo, poder ocuparse de ello sin llamar la atención.

Era una suerte que Zaddie tuviera a tantas chicas jóvenes de la familia Sapp a su cargo, pues cada vez pasaba más tiempo ocupándose de Oscar. Él la quería a su lado durante el día, para que le hiciera compañía y hablara con él. Veían juntos *As the World Turns*, hacían predicciones sobre qué iba a ocurrir a continuación y expresaban una y otra vez su desaprobación ante las trastadas de los personajes más malvados. Sobre las tres, cuando llegaba el *Press-Register*, el rotativo de Mobile, Zaddie se lo leía en voz alta. Oscar todavía hacía el amago de intentar leerlo él mismo, pero Zaddie se lo arrebataba invariablemente de las manos. «Señor Oscar —decía—, no voy a dejar que se siente ahí y acapare el periódico. Yo también quiero ver lo que pone, así que siéntese y déjeme leerlo en voz alta. ¿Por dónde empezamos hoy? ¿Por la primera página o por los obituarios?»

Juntos, Oscar y Zaddie siguieron los acontecimientos en torno a los derechos civiles en Alabama con la misma intensidad e interés con los que seguían el culebrón de las doce y media.

—El gobernador Wallace está siendo muy duro con tu gente —declaró Oscar en una ocasión—. ¿No crees que deberíamos mandar a Sammy con una carta o algo así, pidiéndole que afloje un poco?

—Usted escriba la carta —respondió Zaddie— y yo pagaré la gasolina de Sammy.

—¿Quieres la igualdad, Zaddie? —preguntó Oscar, con un deje de su antigua y grandilocuente cortesía.

—¿La igualdad con qué, señor Oscar? ¿La igualdad con quién?

—¿No querrías estar mejor pagada? ¿Y no querrías no tener que pagar tu impuesto de capitación? Si toda tu gente votara, Zaddie... Bastaría con que registrarais a todos los Sapp del pueblo para tomar el control. Y entonces tendríais un alcalde de color, y un sheriff de color, y un no sé qué más de color.

—Supongo que podríamos hacerlo —dijo Zaddie.

—Pues hazlo. Si lo hicieras, podrías ser tú misma la alcaldesa, Zaddie. Yo te votaría. Y Elinor también. Y Miriam y Malcolm. ¡Estoy seguro de que serías la primera alcaldesa de color de toda Alabama!

—Seguro que sí —dijo Zaddie—. Pero, entonces, ¿quién le leería a usted el periódico todos los días?

—No sé, Zaddie, no sé. Tal vez no debas presentarte a las elecciones después de todo. No me sentaría bien no poder oír los obituarios cada tarde. Tal vez sea mejor que abandones la idea de hacer carrera política.

Pero te diré algo: en mi testamento te voy a dejar suficiente dinero para iniciar una campaña y derrotar al gobernador Wallace. Apuesto a que podrías volver a poner Selma y Sylacauga patas arriba.

Por las tardes, después de la cena, Oscar subía a su sala de estar, cerraba la puerta y ponía la radio. Escuchaba partidos de béisbol que se disputaban en lugares lejanos. Generalmente Billy y Malcolm estaban en la sala de al lado, viendo la televisión juntos. Miriam y Elinor estaban abajo, sentadas a la mesa. El gusto de Oscar por la compañía se había ido debilitando. Ya no quedaba nadie de su edad, de su generación, salvo Elinor. James y Mary-Love hacía ya tiempo que estaban muertos, y él pensaba en ellos como tales. Es decir, Oscar no esperaba que ninguno de los dos entrara por la puerta y le pidiera algo. Sister y Queenie, en cambio, eran otro asunto. A menudo se descubría a sí mismo aguzando el oído para ver si oía la estridente risa de Queenie desde el porche, o las vociferantes quejas de Sister desde la casa de al lado. Entonces subía el volumen de la radio, como si eso (y no la muerte) fuera a impedirle oírlas cuando lo llamaran.

Solo por la noche, cuando las luces estaban ya apagadas y la habitación quedaba sumida en una oscuridad real —no solo en la oscuridad de su propia visión—, Oscar volvía a ser algo así como su antiguo yo. Elinor era la única testigo feliz de aquella pequeña transformación nocturna. Oscar y Elinor hablaban hasta bien entrada la noche: de su familia, de lo que estaría haciendo Lilah en Nueva York, de cómo se llevaban Miriam y Malcolm, de la siguiente fase de mejoras en la granja de Gavin Pond... Hablaban del pueblo, de cómo querían ampliar el aparcamiento de Piggly Wiggly, de cómo pronto necesitarían un cuarto profesor de tercer grado, de cómo tal vez deberían donar algo de dinero para reparar el reloj y las campanas del ayuntamiento... También intercambiaban chismes. Elinor conocía todos los relacionados con la comunidad blanca de Perdido. Las noticias de la comunidad negra llegaban a los oídos de Oscar a través de Zaddie Sapp, durante las pausas publicitarias de *As the World Turns.*

Cuando estaban en la cama, normalmente con Oscar mirando al techo y Elinor acostada de lado, vuelta hacia él, con un brazo sobre su pecho, este hablaba con su mujer con locuacidad y sin tapujos. Cuando finalmente se cansaba, interrumpía a su mujer o incluso sus propias palabras con un lacónico «Buenas noches, Elinor» y se dormía de inmediato.

Elinor solo rechazó aquella fórmula en una ocasión, la noche de Navidad de 1967, después de que la familia al completo hubiera pasado el día en la granja de Gavin Pond.

—No te duermas aún, Oscar. Quiero hablar contigo.

—Estoy cansado, Elinor. ¿De qué se trata? —preguntó él, impaciente.

—De tus ojos, Oscar. Hoy te han molestado los ojos, lo he visto.

—Lo ha visto todo el mundo, Elinor —dijo Oscar tras una pausa—. Tendrían que estar tan ciegos como yo para no verlo.

—Han empeorado, ¿verdad?

—Sí. Estas cosas tienden a empeorar. No mejoran.

—No tienes por qué tomarla conmigo, Oscar.

—¡Pues no hablemos de ello, Elinor!

—Tenemos que hacerlo —insistió Elinor, apretándole el brazo—. Pronto no vas a ver nada.

Oscar se quedó un momento en silencio y finalmente respondió en voz baja.

—¿Recuerdas cuando Sammy y yo fuimos a Texas, hará unos cinco años, porque dije que tenían todos esos campos de golf donde aún no había estado y quería verlos antes de morir? —dijo.

—Sí.

—Bueno, pues no fui a jugar al golf. Los campos de golf en Texas son horribles, y todo el mundo lo sabe. Así que no fui allí para eso. Fui a ver a un médico, un especialista del Hospital de la Texas A&M. Me examinó y me dijo que podía operarme, pero que era muy probable que saliera completamente ciego. Así que me subí al coche y dije: «Sammy, volvamos a casa. Estoy cansado de Texas». No quería engañarte, Elinor, pero no tuve el valor de decírtelo.

—Oscar, todo esto ya lo sabía.

—¿Cómo? —preguntó Oscar sorprendido.

—Sammy le dijo a Zaddie que te había llevado a un hospital mientras estabas en Texas, y le pedí que hiciera un esfuerzo por recordar el nombre del hospital en cuestión. Entonces llamé y hablé con tu médico y me lo contó todo.

—Muy bien —dijo Oscar—. No me gusta engañarte.

Elinor lo abrazó con fuerza.

—Oscar, todavía estoy esperando al día que me cueles una.

—Yo también, Elinor, yo también. ¿Puedo dormirme ya?

—No —dijo ella, apartándose—. La semana pasada volví a hablar con ese doctor.

—¿Por qué? —preguntó Oscar, ahora alarmado.

—Le conté que estabas empeorando y dijo que tenías que ir a verlo de nuevo. Las cosas pueden haber cambiado...

—Sí, las cosas han cambiado: estoy peor, mucho peor que hace cinco años. Elinor, ¿tú tienes idea del miedo que me daba ir a ver a ese hombre? ¿De lo que me costó? No creo que pudiera volver a ir solo...

—Y no lo harás —le aseguró ella—. Porque yo iré contigo.

—¿De verdad me acompañarías?

—Pues claro que sí. Tú y Sammy podéis ir en el asiento delantero, y yo me sentaré en el trasero, entre tus colchones de plumas. Oscar —dijo Elinor, divertida— ¿qué demonios pensarán en el Hilton cuando entras con una funda para trajes y un hombre de color cargado con cinco colchones de plumas?

—Dicen: «Su suite está por aquí, señor Caskey». Siempre pido una suite porque entonces no les importa lo que hagas. Están acostumbrados a los ricos viejos y tarados, supongo. Pobre mamá —suspiró.

—¿A qué viene eso ahora?

—¿Qué pensaría de mí? Un viejo rico y tarado al que el hijo de Luvadia Sapp acompaña por todo el sur en un coche cargado de colchones y almohadas. Mamá no estuvo enferma ni un solo día en su vida, al menos hasta que murió. ¿Qué pensaría de mí, tan ciego que incluso tengo miedo de levantarme de la silla si hay otra persona en la habitación? Me da pánico tropezarme con algo y que descubran que no veo nada.

—Y por eso iremos a Texas —susurró Elinor—. Tú y yo.

—No me hables más de ello —suplicó Oscar—. Prepáralo todo, pero no me digas cuándo va a ser. No me cuentes que has concertado una cita y has reservado una suite en el hotel. Cuando sea la hora de partir, di solo: «Oscar, ponte los pantalones que vamos a dar un paseo». Y durante el trayecto hasta Texas fingiré que vamos a cenar a Pensacola.

Oscar se rio de su propia debilidad.

—Así es como lo haremos —convino Elinor—. Muy bien, Oscar, ahora ya te puedes dormir. Debes de estar cansado de tanto desenvolver regalos.

—Le he pedido a Zaddie que se sentara a mi lado y me fuera diciendo qué había en cada paquete —dijo Oscar—. La única vez que no ha tenido que decírmelo ha sido cuando he abierto el regalo de Tommy Lee: otro de esos malditos pijamas que me regala todos los años, siempre del tipo equivocado. Ese chico no tiene ni idea de...

De pronto se interrumpió.

—¿Qué pasa? —preguntó Elinor.

—Elinor, tienes que prometerme algo.

—¿Qué?

—No preguntes qué. Dime solo que me lo prometes.

—Te lo prometo. Lo que tú quieras, Oscar. ¿Qué quieres que te prometa?

—Prométeme que me moriré yo primero —dijo—. Prométeme que no tendré que vivir solo en esta vieja casona. Déjame morir primero. Prométemelo.

Elinor apretó la cara contra su hombro.

—Te lo prometo —dijo ella sin vacilar, con una voz que reconfortó a Oscar—. Estaré aquí para cuidarte mientras vivas.

—No podría hacer nada sin ti —dijo él con toda naturalidad, mientras yacían juntos en la oscuridad—. Ni siquiera querría intentarlo.

Elinor no dijo nada, pero se acurrucó junto a su marido.

—¿Por qué viniste? —preguntó entonces Oscar.

—¿Por qué vine? ¿Adónde?

—Aquí, a Perdido —añadió Oscar, pensativo—. Mamá siempre me hacía esa misma pregunta: «¿Por qué vino Elinor a Perdido?». Y yo siempre decía: «Mamá, no me importa, pero me alegro de que lo hiciera».

—Mary-Love no se alegraba —dijo Elinor secamente.

—No, la verdad es que no —admitió Oscar—. Estaba convencida de que habías venido a propósito, solo para cazarme.

—¿Y tú cómo sabes que no es verdad?

—¿Lo es? —preguntó él con curiosidad, nada más—. ¿Pasaste tres días escondida en el Osceola...?

—Cuatro.

—¿... cuatro días escondida, esperando a que Bray y yo apareciéramos en aquel bote verde? ¿Te acuerdas del viejo bote?

—Sí —dijo Elinor.

—¿Y bien? ¿Lo hiciste? ¿Estabas allí esperándome, como decía mamá?

—Oscar, nunca he querido nada en este mundo aparte de ti —respondió Elinor con evasivas.

—También querías ser rica y tener una gran familia. Ser la cabeza de esa familia, y que todos se vistieran de gala para la cena, y que...

Elinor se echó a reír.

—Por supuesto que quería todas esas cosas. ¿Qué mujer en su sano juicio no las querría? Pero para mí no habrían significado nada si tú no hubieras estado aquí.

—¿Y cuando me muera? —preguntó Oscar sin asomo de dramatismo—. ¿Y cuando te quedes sola? Porque recuerda que me acabas de prometer que yo me moriré primero... Cuando esas cosas sean lo único que te quede, ¿no significarán nada sin mí?

—No —dijo Elinor—. No digo eso, Oscar. Y tampoco tengo la intención de vestirte en tu ataúd, ver cómo te entierran junto a Mary-Love y caer muerta junto a tu tumba. Pero cuando estés muerto todas esas otras cosas empezarán a desvanecerse. Es lo que pasará, lo sé. Y cuando se hayan desvanecido del todo, entonces moriré yo también.

—Cuando se hayan desvanecido... —dijo Oscar con un suspiro—. Por Dios, Elinor, ¡somos tan viejos!

—Eso es lo que pasa aquí —repuso Elinor.

—¿Aquí?

—En tierra firme, Oscar...

—Ah, aquí, en tierra firme —dijo Oscar—, claro. Pero aún no has respondido a mi pregunta.

—¿Qué pregunta?

—La pregunta de mamá. Cuando Bray y yo cruzamos las calles inundadas del pueblo y remamos hasta al Osceola, tú estabas sentada en tu habitación, en el borde de la cama. Te vi. El día que derribaron ese hotel lloré, Elinor. Lloré porque aún recuerdo esa mañana del domingo de Pascua, cuando te rescaté de esa habitación de la esquina. Pero esa es la pregunta: ¿te rescaté yo? ¿O simplemente estabas allí esperando a que llegara? Todo esto, esta casa, el aserradero, la granja de Gavin Pond y todos estos parientes ricos, riquísimos que tenemos, y los pozos de petróleo, las acciones, los bonos y las cuarenta mil cajas de seguridad de Miriam llenas de joyas, las criadas y el resto de lujos, y tú y yo tumbados aquí en esta cama, en la oscuridad... Elinor, ¿todo esto es obra mía, porque te rescaté, o es obra tuya, porque me estabas esperando, como siempre dijo mamá?

—Tu madre —dijo Elinor, volviéndose hacia el otro lado para darle la espalda a Oscar— siempre creía que tenía razón y que todos los demás estaban equivocados. ¿Y sabes qué, Oscar? Algunas veces Mary-Love tenía razón.

9

El pijama de Oscar

Así pues, sin decirle nada a Oscar, Elinor concertó una cita con el médico del Hospital de la Texas A&M y un día de febrero le dijo a su marido:

—Oscar, ponte los pantalones, que vamos a dar una vuelta.

Mientras él se vestía, Elinor y Zaddie desmontaron la cama. Sammy Sapp y Malcolm cogieron los cinco colchones de plumas de Oscar y sus cuatro almohadas favoritas y, milagrosamente, lograran meterlos en el maletero y en el asiento trasero del Lincoln Continental de tal modo que aún quedara espacio suficiente para Elinor en la parte de atrás.

—Solo vamos a Pensacola a cenar —les dijo Oscar a Miriam y a Malcolm, que, según le susurró Sammy, estaban en el porche de su casa—. Pero no nos esperéis despiertos.

Cada quince kilómetros Oscar se giraba y preguntaba:

—Elinor, ¿estamos ya en Pensacola?

—No falta mucho, Oscar. Sammy, ¿qué dice ese letrero de ahí adelante?

—«Pensacola. Quince kilómetros».

—Ten paciencia, Oscar, llegaremos antes de que te des cuenta.

Aquella argucia tan evidente le hizo tanta gracia a Oscar que siguió tirando fastidiosamente del hilo hasta llegar a Texas. Elinor había reservado la suite más grande del hotel más imponente de Houston, y Sammy y tres botones subieron los colchones y los colocaron en la cama, en lugar de los habituales. Elinor hizo la cama ella misma e informó a las muchachas del hotel de que seguiría haciéndolo.

Oscar se visitó al día siguiente y el doctor confirmó que había empeorado. La operación sería más peligrosa que hacía años y las probabilidades de una ceguera total, mayores. Por el otro lado, Oscar ya casi estaba ciego, de modo que tampoco podía perderse gran cosa.

—Adelante —dijo Elinor, y Oscar asintió a regañadientes.

La operación tendría lugar una semana más tarde. Entretanto, Oscar, Elinor y Sammy se quedaron en el hotel; a ninguno de ellos le entusiasmaba pasar tanto tiempo lejos de Perdido. La operación se llevó a cabo y, cuando terminó, Oscar estaba totalmente ciego.

Volvieron a meter los colchones en el coche, y Oscar y Elinor, con Sammy al volante, se dirigieron de nuevo a Perdido.

—La cena en Pensacola no me sentó bien, Elinor —fue todo lo que dijo Oscar.

Mientras Elinor lo guiaba por la acera hasta la casa, dijo:

—No vamos a mantener esto en secreto, Oscar. Lo sabes, ¿verdad?

Él asintió en silencio.

—Cuando me caiga de cabeza por las escaleras del ayuntamiento, la gente se irá haciendo a la idea.

Pero a la hora de la verdad resultó que la situación no le vino tan mal a Oscar. No veía nada, pero en realidad solo veía un poco menos que antes y siempre se había apañado. Y por lo menos ahora no tenía que preocuparse por un deterioro constante y descorazonador. En casa ya no tenía que hacer comedia cuando necesitaba ayuda, y ahora contaba con la excusa perfecta para no tener que hablar con las visitas. Pudo dejar a un lado todos sus subterfugios, además de sus gafas de cristales gruesos: ya no le hacían falta ni unos ni otros. Ya nunca bajaba a comer, sino que se quedaba en su salón, con Zaddie haciéndole compañía.

Elinor no hizo nada para impedir que Oscar se replegara en su propio mundo. Podía pasar una semana sin que este saliera de su dormitorio o de su salón. El resto de la casa le resultaba cada vez menos familiar, y recorrer las demás estancias le suponía una aventura tan arriesgada como intentar bajar a la tienda de Ben Franklin sin nadie que lo guiara. Las habitaciones del fondo del primer piso empezaron a oler a Oscar, tal como el dormitorio de Sister había terminado oliendo a ella. Cuando tenía un buen día, Zaddie lo acompañaba hasta el coche y Sammy lo llevaba a dar una vuelta por el pueblo y luego al Club de Campo del Lago Pinchona. Sammy aparcaba el Continental junto al campo de golf y Oscar se quedaba muy quieto, oliendo el césped recién cortado de los *greens* y escuchando con deleite cómo los jugadores golpeaban las pelotas y soltaban alguna maldición. De vez en cuando alguien lo llamaba al pasar:

—Señor Caskey, ¿no quiere salir de ese horno y venir a jugar con nosotros?

—¿Quién llama? —gritaba Oscar a su vez.

—Fred Jernigan y Roscoe.

—¡Fred! ¡Roscoe! Sí, claro, saldré, siempre y cuando me prometáis que jugaréis con los ojos bien cerrados.

—Trato hecho —decían Fred y Roscoe entre risas, de camino al siguiente hoyo.

Por las tardes Billy Bronze hacía compañía a Oscar y escuchaba los partidos de béisbol con él. Pero Oscar tenía poca paciencia con el resto de los miembros de la familia. Miriam lo visitaba a veces durante unos minutos —acompañada por Malcolm— y le llevaba alguna noticia del aserradero, aunque Oscar había perdido todo el interés por los negocios de la familia y solo quería saber qué sabía de Lilah, si ya se había casado, si salía con alguien o si estaba interesada en algún chico en particular. Grace, Lucille y Tommy Lee iban mucho menos a Perdido ahora que Queenie había muerto. En esas ocasiones le hacían una visita de cortesía a Oscar, pero no tenían mucho que decirle. Durante una de esas visitas, Oscar se dirigió a Tommy Lee y le preguntó:

—Tommy Lee, ¿ya tienes alguna noviecita?

—No le hables de novias, Oscar —zanjó Grace—. No queremos que empiece a traer a casa a chicas que no aprobamos, chicas a las que no conocemos de nada. Cuando Tommy Lee quiera casarse, vendrá y les dirá a sus madres de la granja que está listo, y Lucille y yo peinaremos el campo hasta encontrar a la mujer adecuada. ¿No es así, Tommy Lee?

—Así es, Grace —dijo Tommy Lee, resignado.

—Tommy Lee puede casarse cuando Grace y yo nos muramos —añadió Lucille con tono afable—. No sirve de nada que empiece a pensar en ello antes. Tommy Lee es rico —añadió, sin venir a cuento—, podrá elegir a quien quiera.

—Yo no quiero a nadie —dijo Tommy Lee—. Excepto a Lilah, tal vez.

—Bueno —dijo Grace—, si Miriam pudo casarse con Malcolm, Lilah podría casarse contigo.

—Eso pensaba yo —dijo Tommy Lee, que tenía una imagen bastante precisa de sí mismo y de sus capacidades—. Y eso es lo que le dije.

—¿Y qué contestó Lilah? —preguntó Oscar.

—Dijo: «Jamás de los jamases».

—Grace, habla con Miriam sobre esto —sugirió Oscar—. Tal vez ella pueda hacer entrar en razón a la chica. Tommy Lee, si tú y Lilah os casarais este año podríais empezar a tener hijos antes de que yo me muera.

—Me encantaría poder complacerte, Oscar —le aseguró Tommy Lee.

—Preferiría mil veces que me regalaras un bebé por Navidad que otro de esos pijamas.

Zaddie, que había permanecido en silencio durante la breve audiencia, indicó con un gesto que Oscar estaba cansado. Grace, Lucille y Tommy Lee se levantaron de inmediato y se despidieron sin mayor ceremonia.

El invierno de 1968 fue especialmente frío y húmedo en el sur de Alabama. Todo el mundo soportaba como podía los días de lluvia helada y viento huracanado, y las noches nubladas y frías, imaginando que el día siguiente amanecería claro y cálido. Pero rara vez lo hacía. En la granja de Gavin Pond, Lucille estaba preocupada por unas camelias nuevas, pequeñas y muy raras, que había plantado en otoño. Les dedicaba toda su atención, un día tras otro, y cada día se ponía más triste, pues parecía que aquellas plantas tan caras iban a morirse. Salía todos los días bajo la lluvia y les echaba tierra nueva alrededor de las raíces, las cubría cuidadosamente con plástico y construía pequeñas vallas protectoras a su alrededor. Hacia finales de febrero, cuando el clima empezó a volverse más cálido, los esfuerzos de Lucille se vieron recompensados, pues todo parecía indicar que aquellas camelias tan raras sobrevivirían. Sin embargo, para entonces Lucille estaba en cama con lo que parecía ser un fuerte resfriado. Una semana más tarde le diagnosticaron una neumonía y la ingresaron en el Hospital del Sagrado Corazón de Pensacola. Grace, Tommy Lee y Elinor se coordinaron para pasar días alternos con ella, de modo que nunca le faltara compañía.

Oscar se quejó a Elinor de que lo dejara solo.

—Que la cuiden Grace o Tommy Lee —le dijo—. Yo te necesito aquí, Elinor.

—Grace tiene mucho trabajo en la granja, Oscar. Y Tommy Lee también está ocupado. A mí me gusta ir y tengo que hacerlo. Lucille se preocuparía si no hubiera alguien junto a su cama. Y tampoco sé a qué te refieres con eso de que te quedas solo: ¿no tienes a Zaddie contigo a todas horas cuando yo me voy? Además, nos echan del hospital a las once, así que a medianoche ya estaré en casa.

El horario de visitas terminaba mucho antes en la mayor parte del hospital, pero Lucille tenía una habitación privada y, en cualquier caso, los Caskey eran una familia muy conocida en la zona y nadie ponía ningún reparo a aquellas tranquilas visitas fuera del horario establecido.

Durante las tardes en que Elinor se ausentaba para estar junto a la cama de Lucille, Oscar se sentía perdido. La temporada de fútbol había terminado y él no era aficionado al baloncesto, por lo que la radio no le servía de nada. Estar solo lo ponía de mal humor. Les dijo a Miriam, Malcolm y Billy que salieran a comer a algún sitio: si Elinor no iba a estar, no quería a nadie en casa. Zaddie le subió la cena y se sentó con él durante las noticias de la noche, pero después Oscar la mandó a la cocina con la bandeja.

—Vuelve a subir y prepárame la cama, Zaddie. Hoy tengo los huesos cansados.

—Es la lluvia, señor Oscar —dijo Zaddie con tono

cariñoso—. La lluvia hace que uno esté cansado todo el tiempo.

—Tal vez. Tal vez sea eso —dijo Oscar, escuchando por un momento el tamborileo de la lluvia sobre el alféizar de la ventana del salón—. ¿Adónde han ido a cenar? ¿Lo sabes?

—Han ido a la granja, señor Oscar. Imagino que Tommy Lee habrá disparado a algunos pájaros.

—Pero no es temporada de caza; un día de estos ese chico se va a meter en un lío. Así pues, nos han dejado solos, Zaddie.

Zaddie no se llevó la bandeja, pues parecía que Oscar tenía ganas de hablar. Fue al dormitorio y le preparó la cama tal como le gustaba.

—¡Ha sido una buena cena, Zaddie! —dijo Oscar desde el salón.

—Me alegro de que le haya gustado —respondió Zaddie.

—Esta noche somos solo tú y yo, Zaddie. Tú, yo y la lluvia.

—Sí, señor.

—Elinor me contó que la lluvia ha chafado todas las azaleas este año.

—Sí, señor. No ha quedado gran cosa.

—Es una pena. Elinor siempre ha estado muy orgullosa de sus azaleas...

Zaddie volvió a la sala de estar.

—Va a meterse directamente en la cama, ¿señor Oscar?

—Creo que sí, esta lluvia me está dando sueño.

—A mí también, señor Oscar. ¿Necesita ayuda para ponerse el pijama?

—No, me arreglo solo. Ya puedes bajar, Zaddie. ¿Tienes a alguna muchacha Sapp ahí abajo que te ayude a limpiar?

—Desde luego, tengo dos. Están sentadas en la cocina, viendo la televisión.

—Muy bien. Hagamos una cosa, Zaddie. Ve allí, limpia lo que tengas que limpiar, y luego sube a asegurarte de que esté bien.

Oscar no quería que Zaddie lo ayudara a desvestirse, eso habría sido humillante, pero por otro lado casi siempre necesitaba la ayuda de Elinor para desatarse los zapatos, desabrocharse el cinturón y encontrar su pijama preferido. No estaba seguro de poder hacerlo todo a solas.

—¿Necesita la luz, señor Oscar? —preguntó Zaddie mientras recogía la bandeja.

—La luz no me sirve de mucho, Zaddie —respondió Oscar con voz baja y cansada—. Ve, no te preocupes.

—Volveré a subir en un rato y me aseguraré de que esté cómodo, señor Oscar.

Zaddie bajó a la planta baja y dejó a Oscar en la oscuridad del primer piso. La lluvia había aumentado de intensidad durante la última media hora. Avanzando a tientas del salón al dormitorio, Oscar pasó junto a una ventana y el agua lo salpicó. Apartó el brazo con un gesto y escurrió la manga mojada alrededor de la muñeca. Se sentó en el borde de la cama y se quitó los zapatos sin molestarse en desatarlos. Se quitó los calcetines y empezó a tratar de arreglárselas con el cinturón. Al cabo de un rato oyó con alivio el chasquido de la hebilla. Se quitó los pantalones y los calzoncillos, desabotonó los puños de la camisa y dejó que los gemelos cayeran al suelo. Se quitó la camisa y la camiseta y se acercó a la cómoda arrastrando los pies. Abrió un cajón y tanteó en busca del pijama, pero en ese cajón solo había calcetines. Abrió el cajón de abajo y encontró uno. Se lo puso, pero algo en su tacto y en su olor le hizo darse cuenta de que no era el que solía usar. Volvió con pasos lentos a la cama, se metió en ella y se subió las mantas hasta la barbilla. De no ser por aquel pijama desconocido, se habría sentido muy satisfecho. Elinor había hecho la cama esa mañana tal como a él le gustaba; Zaddie la había abierto y había colocado las almohadas tal como él las quería.

Todavía era temprano, pero el ruido de la lluvia le impedía oír a Zaddie y a las jóvenes Sapp en la cocina (normalmente las habría oído), por lo que parecía mucho más tarde. Oscar sentía que de no ser por el pijama desconocido se habría dormido de inmediato. Seguramente era el que Tommy Lee le había regalado la Navidad anterior. Tommy Lee siempre le regalaba pijamas, se dijo Oscar una vez más, y siempre del tipo equivocado. Se preguntó cuántos de aquellos pijamas equivocados habría quemado James en su casa. Cientos, seguramente. Armarios llenos, baúles llenos de pijamas, todavía en sus paquetes de celofán, con jirones de papel y cinta.

Pero ni siquiera el tacto de aquel pijama poco familiar e incómodo fue suficiente para contrarrestar la influencia soporífera de las gotas de lluvia, y Oscar Caskey no tardó en quedarse profundamente dormido.

Se despertó un poco más tarde. No sabía cuánto más. Seguía lloviendo. La casa seguía vacía, Elinor aún no estaba a su lado, en la cama. Suspiró y deseó no haberse acostado tan temprano. Se preguntó si Zaddie habría vuelto a subir para ver cómo estaba. Le habría gustado saber qué hora era; uno de los problemas de ser ciego era que nunca sabías qué hora era. Perdías la capacidad de medir el paso de las horas por los cambios en la luz y las sombras. De pronto el pijama le resultaba más incómodo que antes. Todos los pijamas deberían ser de algodón, de algodón puro y nada más, pensó Oscar. Aquel era de otro material, desde luego, e iba a tenerlo despierto toda la noche. Cuanto más pensaba en el pijama, más convencido estaba de que iba a tener que levantarse y encontrar uno de los que le gustaban, uno de algodón y que no estuviera almidonado, que ya se hubiera puesto antes, en aquella cama. Tumbado sobre los colchones, preguntándose si debía levantarse o esperar un poco, le pareció que empezaba a oír voces bajo la lluvia. Tal vez Elinor había regresado y estaba hablando con Zaddie abajo. Pero el sonido de la lluvia era muy fuerte y no podía estar seguro de que sus oídos no lo estuvieran engañando.

—¡Elinor! —gritó, pero su voz sonó apagada y débil en aquella pesada atmósfera. Elinor no lo habría oído aunque estuviera en la habitación de al lado—. ¡Elinor! —gritó de nuevo, esta vez más fuerte.

Le pareció oír una voz que le contestaba, aunque no habría sabido decir de quién era, de dónde venía o qué decía. La lluvia, que golpeaba contra los cristales, borboteaba tras las mamparas y se derramaba por los zócalos, le impedía saber quién más estaba en la casa.

Se quedó muy quieto, olvidándose del pijama, y aguzó el oído, esforzándose por volver a oír aquellas voces. Tenía los ojos abiertos de par en par, pero no veía nada de nada.

¡Oscar!

Eso sí lo oyó: oyó que gritaban su nombre. La voz que lo había llamado estaba en el primer piso, pero no en la sala de estar, sino en el pasillo. Al final del pasillo, seguramente en el otro extremo, en la habitación delantera.

—¿Elinor? —preguntó débilmente, sabiendo que quien lo había llamado no era Elinor, ni tampoco Zaddie.

La voz no dijo nada más. Oscar trató de recordarla, intentó recrear en su mente, por encima del rumor de la lluvia, la configuración precisa de aquellas dos sílabas familiares para tratar de dilucidar quién lo llamaba desde la habitación delantera. «Billy», pensó en un primer momento. Billy habría podido cruzar el estrecho corredor de la ropa de cama desde su habitación hasta aquel dormitorio, abrir la puerta y llamarlo por su nombre. Pero no era la voz de Billy. Billy pronunciaba su nombre de otra manera.

—¿Quién es? —preguntó Oscar, apartando las mantas de la cama.

Podía ser Miriam, o Malcolm, o incluso Grace, pensó Oscar frenéticamente... Pero ¿qué estaría haciendo cualquiera de ellos en la habitación delantera? Ya nadie usaba la parte delantera de la casa. ¿No era extraño cómo arraigaban los nuevos hábitos cuando un hogar disminuía de tamaño? En la parte delantera de la casa había tres dormitorios, pero estaban siempre vacíos. Oscar incluso le había oído decir a Zaddie que ya ni siquiera hacía las camas allí, pues las sábanas se enmohecían antes de que nadie volviera a dormir en ellas.

Oscar salió de la cama. El suelo estaba frío y lo sintió húmedo bajo los pies descalzos. Dio unos pasos hacia la puerta del salón y se detuvo de repente cuando pisó dolorosamente uno de sus gemelos. Lo apartó de un puntapié y siguió adelante, avanzando a tientas con los brazos extendidos ante él. El aire era frío. Zaddie debería haber cerrado más ventanas, pensó. Cuando llegó a la puerta se detuvo y, agarrando al marco con ambas manos, asomó la cabeza al pasillo y escuchó. No se oía más que la lluvia. Aunque en el salón solo había una ventana, el ruido de la lluvia parecía más fuerte allí que en el dormitorio. Si lograba cerrar todas las ventanas, podría oír si volvían a llamarlo por su nombre, pero no confiaba mucho en su capacidad para abrirse paso sin tropezar con los muebles. Aunque, ya que había llegado hasta allí, se dijo, también podía salir al pasillo.

Lo hizo y escuchó con atención. La lluvia tamborileaba contra la ventana de la escalera, a su izquierda. Pero, por debajo de ese tamborileo, Oscar creyó detectar algo más: un siseo, un serpenteo, un susurro. Parecía venir de la parte delantera de la casa, del dormitorio principal.

—¿Elinor? —repitió, no porque pensara que Elinor estaba en casa, sino porque le habría gustado tenerla a su lado.

Cruzó el pasillo y, palpando el húmedo papel pintado, se dirigió hacia la parte delantera de la casa. Los susurros y el serpenteo cesaron. Lo único que se oía ahora era el tamborileo de la lluvia.

—¿Quién es? —preguntó en voz alta—. ¿Quién anda ahí?

Llegó a la puerta de la habitación principal y puso la oreja sobre una de las hojas. El viento proyectó una ráfaga de lluvia contra la puerta vidriera de la parte delantera del salón, pero al cabo de un momento esta reanudó su ritmo regular.

Oscar llamó a la puerta de la habitación principal.

—¿Quién hay ahí? —dijo.

Oyó crujidos en el interior, como si alguien (o más de una persona) se hubiera movido de repente.

—¿Quién es? —volvió a gritar. Apoyó la mano derecha en la puerta y la deslizó hasta el pomo. Lo giró y ya estaba a punto de empujar la puerta para abrirla cuando, una vez más, oyó su nombre.

¡Oscar!

—¿Mamá? —dijo—. Mamá, ¿eres tú?

Abrió la puerta.

—¿Mamá? —repitió

¡Oscar!

¿Es él? ¿Es él?, exclamó la segunda voz, con un ceceo ansioso. Era la voz de un niño pequeño.

La voz de su madre había sonado a su derecha y Oscar se dirigió hacia allí. Avanzaba arrastrando los pies; no recordaba la disposición de los muebles en la sala de estar y temía chocar con algo.

—Mamá, si eres tú, contesta.

Oyó el crujido de los muelles de la cama, como si alguien se hubiera sentado en el borde. Otra serie de crujidos sugirió que alguien más acababa de acostarse sobre el colchón.

¿Es él? ¿Es él?, repitió la vocecita.

Sí, contestó la primera voz desde la cama.

Entonces Oscar oyó algo que culebreaba por el suelo y al instante notó unos bracitos (los brazos de un niño) que lo agarraban por los muslos. Estaban mojados y aquella humedad penetró en la tela de su pijama. Oscar intentó mantener el equilibrio, pero cayó hacia delante. Por suerte estaba cerca de la cama, que detuvo la caída. Extendió un brazo hacia la oscuridad y algo lo agarró con fuerza; la mano que tomó la suya estaba húmeda y resbaladiza, y sus uñas se le clavaron en la palma.

Al mismo tiempo, el niño empezó a tirarlo por las piernas, tratando de arrastrarlo hasta el suelo.

Este. Este, susurró el niño.

Oscar se resistió. Logró soltarse de aquella mano,

se dio la vuelta y se sentó en el borde de la cama. Movió los brazos ante él y agarró al niño, que lo arañó vilmente con sus largas uñas.

—¿Quién eres? —gritó Oscar, abrazando al niño con fuerza y acercándolo a él. El niño estaba mojado y desprendía un olor nauseabundo. Oscar notó un aliento del aire viciado del Perdido en la cara.

John Robert, dijo la otra voz, detrás de Oscar. Entonces este notó cómo los colchones de la cama se movían bajo su cuerpo: quienquiera que estuviera detrás de él se había sentado. Dos brazos lo agarraron con fuerza por la espalda.

—John Robert DeBordenave —susurró Oscar, soltando al niño de repente. El nombre le vino a la mente sin buscarlo, sin recordar siquiera que aquel niño hubiera existido, sin llegar a recordar qué había sido de él. Oscar oyó que el niño se alejaba. De pronto alguien derribó un mueble pequeño y Oscar oyó el ruido de madera astillada.

John Robert estaba muerto. Se había ahogado en el Perdido; ahora se acordaba. Pero si John Robert estaba muerto y seguía allí, en aquella habitación, entonces la madre de Oscar, Mary-Love, que también estaba muerta, también podía estar allí. Oscar se aferró a los brazos que lo sostenían con fuerza y volvió la cabeza hacia atrás.

—¿Mamá? —preguntó—. Mamá, ¿eres tú? No me abraces tan fuerte, me estás asfixiando.

Pero si se trataba de Mary-Love, esta no tenía intención de soltarlo. Estrechó a Oscar con más fuerza, hasta que este sintió que no podía respirar. Mientras tanto, John Robert seguía destrozando el mueble que había volcado.

La lluvia golpeaba las ventanas de la habitación delantera; el olor del Perdido era tan intenso y penetrante que Oscar tuvo la sensación de estar bajo las aguas del río. Al principio, cuando John Robert empezó a golpearle las piernas con una vara, apenas se dio cuenta, pero su insensibilidad se convirtió en dolor cuando el niño le dio la vuelta al palo y empezó a clavarle repetidamente un clavo (retorcido y oxidado, pero afilado de todos modos) en las piernas, desgarrándole la carne con la misma facilidad con la que le rasgaba la tela del pijama.

—Mamá —suplicó Oscar—, dile que pare. Que pare. Yo no puedo, estoy ciego. Mamá...

Puede que Oscar se equivocara y que aquella presencia no fuera Mary-Love, pero, en todo caso, lejos de detener a John Robert, esta empujó a Oscar y lo hizo caer al suelo. John Robert se abalanzó sobre él y empezó a golpearlo en el pecho y los hombros con la vara, hundiéndole aquel clavo una y otra vez en la carne, con una monotonía despiadada.

Oscar estaba temblando, pero finalmente se quedó inmóvil. Entonces oyó la voz de su madre, lenta y melancólica: *No es por ti, Oscar. Es por Elinor.*

—¿Mamá? —repitió Oscar con un hilo de voz—. Mamá, he perdido los ojos...

La vara que lo golpeaba sin cesar empezó a subir hacia la cara de Oscar.

Los ojos, repitió la voz de Mary-Love. *John Robert, los ojos.*

—Mamá —dijo Oscar. Fue su última palabra. John Robert DeBordenave blandió la pata de la mesa una vez más y aquel clavo retorcido perforó la catarata del ojo de Oscar, le reventó el globo ocular, le desgarró el nervio óptico y se le hundió cinco centímetros en el cerebro.

10

Pisadas

Fue Elinor quien encontró el cadáver de Oscar, sacó cuentas de los pinchazos que tenía por todo el cuerpo, extrajo el clavo que tenía alojado en el cerebro y convenció a Leo Benquith, jubilado y senil, para que firmara un certificado de defunción sin echarle siquiera un vistazo a su viejo amigo. Fue Elinor quien preparó el cuerpo para el entierro y quien —con la ayuda de Zaddie— metió los despojos rígidos de Oscar en el ataúd. El pueblo protestó con vehemencia, pero Elinor dijo: «Oscar me hizo prometerle que me encargaría de todo». Los demás miembros de la familia no protestaron: Elinor tenía sus razones, desde luego, y seguramente era preferible no indagar demasiado.

Elinor regaló todos los muebles del dormitorio donde había fallecido Oscar y de la sala de estar (los muebles con los que ambos habían comenzado su matrimonio) a Escue Wells y Luvadia Sapp para que los instalaran en su casa de la granja de Gavin Pond. Toda la ropa de Oscar y la ropa blanca que habían utilizado en esas habitaciones se donó a la iglesia metodista de Baptist Bottom, que la distribuyó entre los pobres.

—Estas habitaciones huelen a Oscar —le dijo Elinor a Zaddie—. Quiero que esta noche, cuando me vaya a dormir, ese olor haya desaparecido. No quiero que me lo recuerde, bastante pienso ya en él.

Pronto corrió el rumor de que, después de todo, la muerte de Oscar no había sido natural. Y, sin embargo, parecía poco probable que lo hubieran asesinado. Aquella noche no había nadie en la casa más que Zaddie, y los cuidados que esta brindaba a Oscar en su ceguera eran célebres y elogiados por todos; su lealtad de años para con la familia la situaba por encima de toda sospecha. Y como Leo Benquith se negaba a hablar siquiera para dar detalles que permitieran corroborar que la causa de la muerte había sido una insuficiencia cardíaca (tal como constaba en el certificado de defunción), el pueblo acabó decidiendo que Oscar, deprimido por el fracaso de la operación de cataratas, se había suicidado. La nota que le había dejado a Elinor, añadían, estaba ahora en una caja de seguridad de Mobile. El suicidio era una explicación plausible para el misterio y el secretismo que habían rodeado el cadáver de Oscar Caskey.

Oscar se había ido alejando tanto de la familia durante los últimos años de su vida que ninguno de sus miembros experimentó diferencia alguna tras su muerte más allá de Elinor, Zaddie y Sammy Sapp, los únicos que habían tenido algún trato con él durante los dos últimos años. El pobre Sammy Sapp se preguntó si iba a tener que colgar el uniforme y volver a la granja. Como tantos Sapp que lo habían precedido, prefería la vida en el pueblo. Pero Elinor decidió conservar sus servicios: a una persona de su posición, dijo, le correspondía tener chófer.

Perdido observaba a Elinor con atención. El comportamiento de una viuda era siempre motivo de interés y comentarios, y Elinor Caskey no era, en sí misma, una mujer corriente. Perdido se fijó en varias cosas: la primera fue que Elinor no lloró en el funeral. Y que, después de la ceremonia, no se vistió de negro ni pareció cambiar en nada la rutina de su existencia anterior, sino que siguió viviendo como cuando su marido estaba vivo. Durante los casi cincuenta años que había durado su matrimonio, Elinor parecía haberse entregado a él, y él a ella. Perdido llegó a la cruel conclusión de que su matrimonio, sobre todo en los últimos años, había sido solo una farsa. Elinor y Oscar habían seguido juntos por conveniencia, porque una ruptura habría resultado económicamente inconveniente para toda la familia. Pero Perdido se convenció de que la relación se había ido enfriando a medida que Elinor y Oscar envejecían: a Elinor la había exasperado la ceguera de su marido y a Oscar le había dolido la falta de compasión de Elinor.

Elinor nunca hablaba de Oscar delante de otra gente, ni siquiera delante de la familia. Nunca cometía el error que cometen tantas personas que han perdido a un ser querido y hablan de él como si aún estuviera vivo. Todas las mañanas, después de hacer las camas,

Sammy llevaba a Elinor y a Zaddie al cementerio. Zaddie se bajaba del coche y colocaba flores frescas en la tumba de Oscar. Había algo tan frío y superficial en aquel ritual (Elinor nunca salía del coche, ni siquiera bajaba la ventanilla) que Perdido concluyó que este era tan falso como el dolor de Elinor. Por la parte nueva del pueblo, entre quienes habían vivido en Perdido solo durante los últimos veinte o treinta años, corría el rumor de que el viejo Caskey no había tenido una muerte natural, y que Elinor y su criada se lo habían cargado para quedarse con la herencia.

Que un rumor como aquel hubiera podido siquiera surgir era muy revelador de los cambios que se habían producido en la familia Caskey; y que estos ni siquiera se enteraran de ello era asimismo revelador de cómo había cambiado la relación de la familia Caskey con Perdido. El pueblo había crecido y se había enriquecido. La gente que había comprado tierras después de que se encontrara petróleo estaba ahora montada en el dólar. Y luego estaban también los propietarios de las tiendas nuevas y demás negocios que daban servicio a esa nueva clase acaudalada. El dinero había empezado a brotar de la tierra —donde ahora había cientos y cientos de pozos—, se había dispersado por todo Perdido y había seguido brotando sin parar, hasta que parecía que iba a inundar el pueblo entero.

El aserradero de los Caskey seguía operativo y se había expandido aún más bajo la batuta de Miriam, pero ya no era el pequeño negocio que había sido en su día. Los trabajadores venían ahora de todas partes, llegaban cada mañana conduciendo desde Brewton, Jay y Bay Minette. Tres turnos completos permitían que la planta operara a pleno rendimiento las veinticuatro horas del día; Miriam había decidido que cerrara tan solo los domingos y los festivos nacionales. En Perdido eran muchos quienes seguían trabajando en el aserradero o se ganaban la vida indirectamente gracias a este, desde luego, pero el negocio ya no parecía esencial para el bienestar del pueblo. Perdido estaba ahora plagado de forasteros, personas sin ningún interés real en el pueblo.

Los Caskey eran muy ricos, desde luego; mucho más de lo que cualquiera en Perdido sospechara, de hecho, ya que no hacían ostentación de su riqueza. La casa más nueva del complejo de los Caskey era la de Elinor, construida hacía ya cincuenta años. Todos los nuevos ricos de Perdido habían construido residencias enormes en las afueras del pueblo, con garajes para tres coches, piscinas y pistas de tenis que corroboraban que eran gente con posibles. Uno de los médicos del pueblo incluso se había comprado un avión y había mandado construir una pista de aterrizaje junto a su casa para fardar. Los nuevos ricos se habían construido casas en la playa de Destin y cada año iban de viaje a Disneylandia y a Acapulco. Aquella nueva clase adinerada iba a comer a Pensacola casi todas las noches y enviaba a sus hijos a escuelas militares de Carolina del Norte y Virginia. Sus hijas, entretanto, se quedaban en casa, donde pasaban tres años llevando aparatos dentales. Los Caskey, en cambio, seguían viviendo en sus casas desaliñadas con sus viejos muebles y haciendo lo que siempre habían hecho. Todo el mundo coincidía en que los Caskey habían dejado que Perdido les diera cien vueltas.

La muerte de Queenie había supuesto la disolución del club de bridge de los lunes por la tarde y, al parecer, Elinor no tenía ningún interés en jugar con las mujeres más jóvenes que habían tomado el relevo. Tras la muerte de Oscar, Elinor había dejado de ser socia del Club de Campo del Lago Pinchona, aunque el cambio más drástico fue que los Caskey dejaron de ir a la iglesia. La primera fue Elinor, y pronto Billy empezó a quedarse en casa para hacerle compañía, según dijo. «Bueno, mamá —anunció entonces Miriam sin rodeos—, si tú puedes ausentarte, entonces yo también. No tener que arreglarme cada domingo me parece una gran idea. Además, tengo mucho trabajo que puedo hacer». Y a Malcolm nunca se le habría ocurrido hacer algo que Miriam no hiciera, de modo que al cabo de poco tiempo todos los Caskey de Perdido habían dejado de acudir a la iglesia. Elinor seguía realizando religiosamente su donativo anual y se aseguraba de no dejarse ver en el porche de casa ni paseando por el pueblo durante las horas de la escuela dominical y del servicio matutino. La aparente apostasía de los Caskey fue la comidilla del pueblo, que imaginaba décadas de discusiones entre Elinor y Oscar sobre si debían asistir a la iglesia o no.

Miriam y Malcolm se ausentaban del pueblo cada vez con más frecuencia por motivos de trabajo. En la última década, Miriam había contratado a una serie de gestores que trabajaban como a ella le gustaba y a quienes confiaba gran parte del día a día en el aserradero, mientras ella seguía al cargo de los aspectos más complejos, personales y emocionantes del negocio, como las inversiones y las negociaciones a gran escala. Durante un tiempo había confiado mucho en Billy Bronze; cada vez que Miriam se topaba con algún ejecutivo a quien no le gustaba tratar con una mujer, Billy estaba allí para respaldarla. Pero ahora la propia Miriam era bien conocida y, en todo caso, poseía la diplomacia necesaria para manejar casi cualquier situación. Además, si alguna vez se topaba con un ejecutivo que no la tomaba en serio por ser mujer, Miriam simplemente se encogía de hombros y se marchaba en plena conversación: el hombre ya descubriría más tarde el estúpido error que acababa de cometer. Además, Miriam era ya lo bastante rica como para comportarse así. Pero, en el fondo, la cuestión era que prefería trabajar sola. Y Billy prefería quedarse con Elinor. Billy dejó su despacho del centro del pueblo y reconvirtió dos de los dormitorios del piso superior para su uso.

De joven, Billy Bronze había soñado con muchos tipos de existencia, pero nunca con una como aquella. Nunca habría elegido establecerse en un lugar como Perdido. Estaba seguro de que no le gustaban los pueblos, siempre había preferido las ciudades, como Houston y Nueva Orleans. No le gustaba el olor del río. Y no tenía amigos en Perdido.

Pero allí estaba, viviendo en una casa vieja con su

suegra, una mujer ya mayor. Se levantaba a las siete de la mañana, desayunaba en el elegante comedor y luego se retiraba a su oficina con aire acondicionado del primer piso, donde revisaba el correo de la mañana y hablaba por teléfono con Miriam en el aserradero, con corredores de bolsa en Nueva York y con los responsables de las petroleras en Texas. Al mediodía, una secretaria se encargaba de pasar todas sus cartas a máquina y Billy aprovechaba aquel momento para almorzar con Elinor, Miriam y Malcolm. Después de comer, él y Elinor se sentaban en el porche cubierto y hablaban hasta que la secretaria terminaba. Entonces Billy volvía a encerrarse en su despacho. La mayoría de las veces cenaba a solas con Elinor, en silencio y rodeados de aquel esplendor tan reconfortante. Por la noche veía la televisión o escuchaba los partidos de béisbol en la radio de Oscar, el único objeto personal de este que se conservaba en la casa. Billy se acostaba temprano, no porque estuviera cansado por las actividades del día, sino porque no parecía que hubiera nada más que hacer.

Ahora era bastante rico, más de lo que nunca hubiera creído posible. Había heredado todo el dinero de Frances además del de su padre, y tenía también todo el dinero que había conseguido él mismo... pero no hacía nada con él. Nunca iba a ninguna parte ni compraba nada. Era Elinor quien le decía: «Billy, es hora de que te compres un traje nuevo». Entonces Sammy Sapp los llevaba a los dos a Mobile y su suegra le elegía tres o cuatro trajes nuevos que pagaba de su propio bolsillo. De joven, Billy había imaginado que tendría una familia: una esposa y tres hijos, dos niños y una niña. Y se había casado, sí, pero su mujer había muerto y ahora él vivía con su suegra viuda. Había tenido una hija, pero se la habían arrebatado. Lilah ya ni siquiera lo llamaba «papá», y él no la veía más que una vez al año, siempre y cuando a ella le apeteciera volver a casa por Navidad.

Todos sus pequeños sueños de juventud (sobre todas las cosas que iba a ser, tener y conseguir) habían sido solo medios para lograr un fin: la felicidad personal. Pero aunque las cosas no habían salido como él imaginaba, ni mucho menos, era razonablemente feliz. Aun así, le preocupaba estar engañándose a sí mismo, como si cerrara los ojos y se dijera que los barrotes que lo limitaban no existían. Tal vez sí existían y eran aquella casa, Elinor y el huerto de nogales pecanos del otro lado del camino, el dique y el río que fluía detrás del dique, Miriam pidiéndole cosas por teléfono a un lado y el oscuro pinar al otro. Pero si todo eso eran barrotes, él no los sentía como tales. La verdad era esa: no se sentía limitado; o, si lo hacía, dicha limitación le suponía un placer.

Con el paso del tiempo, cada vez parecía más probable que fuera él quien acabara encargándose de asistir a Elinor en su lecho de muerte, ya que Billy solo tenía cuarenta y siete años, mientras que Elinor tendría ya setenta y cuatro o setenta y cinco. A veces eso era lo que pensaba cuando levantaba los ojos de su extremo de la mesa del comedor y recorría la extensión de lino blanco hasta donde estaba sentada su suegra, erguida y regia, con la luz de las velas reflejada en los collares de perlas negras que le rodeaban el cuello.

Algunos años antes, Oscar había instalado aire acondicionado en toda la casa, y las dos grandes unidades, situadas justo debajo de la ventana de la habitación de Zaddie, roncaban con fuerza desde abril hasta octubre. A Oscar, que era de sangre caliente, le gustaba que la casa se mantuviera fría, y Elinor, Billy y Zaddie se habían acostumbrado tanto a ello que, tras su muerte, no habían subido el termostato. Así, Billy dormía siempre con mantas y en verano se quedaba dormido con el zumbido del aire frío en los oídos. Eso y el propio runrún de las unidades de refrigeración del exterior cubrían los pequeños ruidos nocturnos de aquella casa antigua, o casi todos. Billy, que ahora pasaba muchas noches despierto, se dio cuenta de que su oído se había agudizado; podía distinguir los ruidos por debajo del aire acondicionado: los chirridos, lo que parecían pisotones, los chasquidos de los muebles y el ligero tintineo de los armarios llenos de cristalería.

Pero había noches en que los ruidos eran más que eso, más que crujidos, chasquidos y tintineos ocasionales. A veces Billy creía oír que una de las puertas exteriores se abría con un chasquido húmedo, como si Zaddie se hubiera asomado a la puerta trasera para ver si ya había salido la luna y luego hubiera dejado que esta se cerrara suavemente. Otras noches le parecía oír pasos en las escaleras. Sabía que una de las escaleras en particular crujía del lado derecho al subir, y a veces la oía. A lo mejor era Zaddie, que se había acercado al ventanal de la escalera para mirar las estrellas. Billy nunca se levantaba a comprobarlo. En cuanto se metía en la cama, se quedaba allí. Incluso cuando tenía una pesadilla y yacía, sudoroso y temblando, entre las sábanas, sus pies permanecían inmóviles ante el ramo de violetas pintado que cubría el tablero de los pies y sus manos reposaban, con las palmas hacia arriba, sobre las mantas pulcramente dobladas. A menudo se despertaba helado, con el sudor de la pesadilla pegado a la frente.

En las noches de lluvia, el agua que golpeaba las ventanas silenciaba aún más los ruidos de la casa. Pero entonces, como si lo que fuera que causaba esos sonidos se envalentonara ante ese ruido adicional, los pasos y los crujidos y chasquidos se volvían menos discretos. Billy miraba hacia la puerta que daba al corredor de la ropa de cama donde había el dormitorio delantero, o clavaba la vista en las vaporosas cortinas que cubrían las ventanas que daban al porche. Aguzaba el oído y, sobre todo durante esas noches de lluvia, creía detectar voces en la casa: susurros, risitas y chillidos ahogados.

Billy se acostumbró a esos ruidos tal como se había acostumbrado a todas las limitaciones de su vida. No comentó nada a Elinor ni a Zaddie; ¿quién le decía que una de ellas no metía a algún amigo a escondidas en la casa? ¿O que trasnochaban para hablar de Oscar y de todos los demás que habían visto morir? Quienquiera que se moviera de noche tan discretamente por la casa deseaba pasar desapercibido para Billy. Y, en una muestra de delicadeza, este se negaba a curiosear.

Una mañana, justo después del amanecer, Billy volvió a tener una de sus peores pesadillas, y se asustó tanto que en esa ocasión, en lugar de permitir que continuara, se despertó. Olvidó de inmediato el sueño en sí, aunque sabía que, fuera lo que fuera, ya lo había soñado antes. Se quedó inmóvil en la cama, sintiendo el sudor salado que le caía de la frente a los ojos. Giró la cabeza y miró hacia la puerta del corredor de la ropa de cama. Lo hacía todas las mañanas, no sabía por qué, pero constatar que no se había abierto siempre le suponía un alivio, aunque no tenía ni idea de quién iba a abrirla ni de por qué creía que tal vez se abriría sola. Entonces miró hacia el otro lado y vio que la luz del sol entraba ya a través de las cortinas. Vislumbró los muebles verdes del porche y eso también le supuso un consuelo. Se levantó de la cama y entró en el cuarto de baño, donde se bañó y se afeitó en silencio; aún le faltaba una hora para levantarse y no quería molestar a Elinor, que dormía al otro lado del pasillo. Se vistió y salió de la habitación con la intención de bajar a la cocina y pedirle a Zaddie una taza de café; se preguntaba si iba a tener que despertarla.

Pero Zaddie no solo estaba levantada, sino que estaba arrodillada en el rellano de la escalera, debajo del ventanal, limpiando un charco de agua.

Billy bajó las escaleras en silencio.

—Buenos días, Zaddie. ¿Qué ha pasado? —preguntó.

—He derramado un vaso de agua —respondió esta con voz ansiosa.

Billy no se lo creyó, pero no dijo nada. A Zaddie no le gustaba mentir, su cara era incapaz de disimular. Pero, aunque su rostro hubiera tenido la serenidad de la mentirosa Safira, Billy habría sabido que lo que se había derramado no era un vaso de agua. Al pasar junto a Zaddie notó el olor del agua turbia del Perdido.

No dijo nada, pero se dio cuenta de que la escalera estaba toda húmeda. Así pues, Zaddie estaba terminando de limpiar el agua del Perdido de todas las escaleras.

Billy no dijo nada sobre el incidente durante tanto tiempo que, poco a poco, sintió que aquel silencio iba cobrando relevancia en aquel hogar tan aletargado. Elinor nunca había comentado que oyera ruidos o voces por la noche, y Zaddie tampoco, pero todas las mañanas miraban a Billy como si se preguntaran si ese sería el día en que por fin diría algo. Y cuando no lo hacía, sus expresiones parecían sugerir que aprobaban su decisión de no decir nada. Eso, por lo menos, era lo que Billy creía que les pasaba por la mente, aunque era muy probable —pensaba— que solo fuera fruto de su imaginación.

Sin embargo, a Billy le pareció que los ruidos se volvían más fuertes, menos discretos, como si ganaran confianza con su silencio. Ahora, por debajo del zumbido del aire acondicionado y del repiqueteo de la lluvia, Billy distinguía sin duda unos pasos, pasos que subían las escaleras y que unas veces entraban directamente en la habitación de Elinor y otras se detenían primero ante su propia puerta. Entonces Billy se quedaba en la cama, inmóvil, pero pensando con valentía: «Entra, entra». Sin embargo, los pasos siempre terminaban alejándose. De vez en cuando oía también otros pasos, pero eran muy diferentes, torpes y vacilantes, y nunca se detenían ante su puerta. Entonces llegaban las voces. Ahora era capaz de distinguir la voz de Elinor; eso era fácil. La segunda voz, en cambio, era más difícil de identificar. No era Zaddie, de eso estaba seguro, pero le resultaba familiar. De hecho, sonaba como la voz de Frances. Pero Frances estaba muerta, o sea que tenía que ser alguien cuya voz le recordara la de su esposa ahogada. Pero no se le ocurría nadie y eso lo irritaba. La tercera voz no se parecía a ninguna que hubiera escuchado antes; unas veces era un balido ronco y otras, una especie de canto, un canto que no era ni alegre, ni triste, ni reverente, ni patriótico, ni ninguna de las otras cosas que solían asociarse con el canto.

Billy nunca investigó esos fenómenos, nunca intentó descubrir su origen ni su identidad. Intuía que eran asunto de Elinor y no pensaba hacer nada que coartara su intimidad. Por eso, incluso cuando se despertaba antes de lo habitual, se quedaba en la cama. No salía de su habitación para no volver a sorprender a Zaddie limpiando el agua del Perdido de las escaleras. No tendió ninguna trampa ni hizo ningún comentario insinuante, e incluso disimulaba su curiosidad y desconcierto. Aunque esto no significaba que su curiosidad y desconcierto no aumentaran casi a diario.

Un día de octubre apagaron el aire acondicionado y cuando Billy se acostó esa noche se preguntó si los ruidos continuarían como antes. Esa primera noche no fue así, y se sintió decepcionado. Apenas durmió y, a la mañana siguiente, tanto Elinor como Zaddie comentaron el mal aspecto que tenía. «Es porque apagamos el aire acondicionado —dijo él con desgana—. Estoy acostumbrado al zumbido, supongo».

Pero a la noche siguiente Billy se alegró de volver a oír los pasos y las dos voces: la de Elinor y aquella otra, la que sonaba tan parecida a la de Frances que no podía imaginar que fuera de nadie más. Pasada más o menos una semana volvió a aparecer también el segundo visitante, y Billy oyó con total claridad los torpes pasos en la escalera, un balido ronco y apagado en el pasillo y, mucho más tarde, por la noche, aquel canto agudo. Billy prestó atención, tratando de imaginar quién podía cantar de aquella manera, una canción hipnótica e interminable, con tonos, ritmos y acentos totalmente desconocidos.

Pasó el otoño, llegó el invierno y Elinor cubrió la escalera con la alfombra. La mayoría de las mañanas, cuando Billy bajaba a desayunar, todavía estaba húmeda. «¿Cómo has dormido hoy?», le preguntaba siempre Elinor.

«Bien —respondía invariablemente Billy—. He

soñado con Frances. He soñado que Frances venía a vernos».

Una noche lluviosa de febrero de 1969, Billy llevaba ya mucho rato despierto. Los dos pares de pasos habían llegado poco después de que él se acostara y, por desgracia, el fuerte golpeteo de la lluvia le había impedido oír nada más que una carcajada o un balido ocasional. Sin embargo, esa noche, justo cuando estaba a punto de dormirse otra vez, volvió a oír aquel canto, ahora más fuerte que nunca; el canto seguía el ritmo de la lluvia pero, al mismo tiempo, parecía sonar en contrapunto, de tal manera que Billy percibía cada trino de su melodía errante. Escuchó con deleite y más tarde con asombro, cuando una segunda voz se unió a la primera, con una cadencia precisa y luego en canon; su asombro se convirtió en éxtasis cuando se les unió aún una tercera voz: la tercera voz era la de Elinor, y cantaba como ni Billy ni nadie en Perdido la había oído cantar nunca. Las tres voces («femeninas pero no humanas», pensó Billy) cantaron durante más de una hora, mientras duró la lluvia. Pero a medida que esta empezó a disminuir, también lo hicieron las tres voces. Y cuando el agua ya no era más que un chispeo irregular en los aleros del tejado, el canto cesó por completo. Aunque había perdido hacía tiempo la costumbre de rezar, Billy rezó para que las nubes regresaran y se abrieran sobre la casa, con la esperanza de que las voces volvieran a unirse en aquel canto. Pero las nubes pasaron de largo de Perdido y la casa quedó sumida en el silencio, excepto por las gotas que caían ocasionalmente del techo. Y, sin embargo, Billy no se durmió: luchando por mantenerse despierto, esperó a que aquellos pasos salieran de nuevo de la habitación de Elinor. Por fin, cuando ya creía que el amanecer no podía tardar en llegar, obtuvo su recompensa. La puerta de la sala de estar de Elinor se abrió lentamente y Billy oyó cómo aquellos pasos salían al pasillo. Pero en lugar de dirigirse directamente hacia las escaleras, se detuvieron ante la puerta de su habitación.

«Esto es nuevo», pensó Billy, excitado.

La vista se le había vuelto tan afilada como el oído, de modo que podía ver bastante bien en la habitación oscura. El pomo de cristal de la puerta empezó girar lentamente y un haz de luz, fragmentado en reflejos poliédricos, le iluminó los ojos.

La puerta se abrió sin hacer ruido.

Billy cerró los ojos. Quienquiera que hubiera al otro lado esperaba encontrarlo dormido, y Billy tenía la misma intención de mostrarse despierto que de decirle a Elinor: «¿Quién te visita cada noche en tu habitación?».

Billy tenía los ojos cerrados, pero no pudo evitar sonreír.

¿Ves?, susurró aquella voz que era la de Frances, pero que no podía ser Frances, porque Frances estaba muerta, ahogada en las aguas negras del Perdido. *¿Ves, Nerita? Ese es tu papá.*

II

La señora Voskoboinikov

En la primavera de 1969 Lilah Bronze se graduó de Barnard con honores, y si no hubiera pasado el último año de carrera discutiendo encarnizadamente con su tutor, es probable que hubiera obtenido un *Summa cum laude* en lugar de tan solo un *Magna cum laude*. Los Caskey se preguntaban si Lilah volvería a Perdido, pero nadie le preguntó directamente qué planes tenía. No tardarían mucho en averiguarlo, pensaban, y, además, Lilah era de esas personas que dicen «no tengo ni idea» por pura perversión. Ese verano volvió a casa una sola vez, en agosto, apenas el tiempo suficiente para asegurar a su familia que no había participado en la revuelta estudiantil de la primavera anterior.

—Solo voy a quedarme una semana —dijo durante la comida dominical ante los Caskey al completo, que se habían reunido alrededor de la mesa para darle la bienvenida—. Así que no vayáis por ahí aceptando invitaciones en mi nombre ni nada por el estilo.

Elinor y Billy, Miriam y Malcolm se miraron, pero

durante un momento nadie dijo nada. Grace y Lucille no abrieron la boca, aunque no aprobaban que a Lilah se le hubiera permitido siempre ir a su aire, sin ningún tipo de control. Tommy Lee Burgess simplemente parecía avergonzado. Por fin, con gran timidez, Malcolm tomó la palabra.

—Esto... Lilah —dijo.

—¿Qué pasa? —respondió ella con una especie de ladrido.

Malcolm se dio cuenta de que le tocaba a él hacer la gran pregunta y buscó una forma de interrogarla sin que esta se ofendiera. Finalmente encontró un enfoque sumamente delicado:

—Si decides cambiar de teléfono, ¿podrías anotar el número nuevo y dármelo, por si acaso hay una emergencia o algo así?

Lilah asintió con la cabeza y todos se sintieron aliviados. Estaba claro que la sutileza de Malcolm había logrado apaciguarla.

—De hecho —dijo Lilah en tono sosegado— ya he cambiado de número. Os lo daré antes de irme.

Billy se aclaró la garganta y dijo:

—Lilah, ¿te has mudado de tu antiguo apartamento o simplemente te has cambiado de número?

—¿Por qué diablos iba a cambiar de número si no me hubiera mudado? —preguntó Lilah.

Su padre se encogió de hombros, como diciendo que nada de lo que Lilah pudiera hacer le sorprendería.

—Me he mudado a unas dos manzanas —añadió

Lilah a regañadientes, como si su familia acabara de arrancarle su mayor secreto, el mejor custodiado.

—¿A un apartamento más grande? —preguntó Miriam.

—¿Más alto? —preguntó Elinor—. ¿O más bajo?

Anteriormente Lilah había vivido en el vigésimo primer piso.

Lilah no respondió de inmediato. Miró la mesa, chasqueó la lengua, suspiró y dejó caer la servilleta en el regazo.

—Bueno —dijo—, supongo que no pierdo nada si os lo cuento...

—¿Si nos cuentas qué? —no pudo evitar preguntar Tommy Lee.

—... porque de todos modos me lo vais a sonsacar antes de que salga de aquí, y si os lo cuento ya por lo menos me dejaréis en paz.

—¿De qué se trata, cariño? —preguntó Malcolm.

—Dos cosas —dijo Lilah—. La primera es que me quedo en Nueva York; no voy a volver aquí.

—Ya nos lo imaginábamos —espetó Grace—, sobre todo cuando has dicho que te habías mudado a dos manzanas.

—Y la razón por la que me quedo es que voy a estudiar Derecho en otoño. Otra vez en Columbia.

Los Caskey reflexionaron un instante acerca de aquella noticia y finalmente le dieron la enhorabuena. Convinieron que era una decisión acertada: podría haber tomado muchas otras que no lo habrían sido nada.

—¿Algún tipo de derecho en particular? —quiso saber Billy.

—No estoy segura —respondió Lilah—. Fiscal, seguramente.

—Qué bien —dijo Miriam—. Así podrás ayudarnos. Billy y yo las pasamos canutas cada año con toda esa gente que contratamos en Atlanta...

—Puede —dijo Lilah—. Puede que os ayude. O puede que no me dedique al derecho fiscal en absoluto.

Siguió una discusión sobre impuestos y abogados en general, en la que Lilah no tomó parte. Cuando finalmente hubo una pausa, Lilah volvió a tomar la palabra.

—Bueno, ¿nadie quiere oír la segunda de mis noticias? —dijo con tono exasperado.

—Creía que eso era todo —dijo Lucille—. Te vas a quedar en Nueva York y vas a estudiar Derecho fiscal.

—No, esa era solo la primera parte —dijo Lilah con malicia—. Esas dos cosas las cuento como una.

—¿Qué más, entonces? —preguntó Tommy Lee.

Lilah miró alrededor de la mesa para asegurarse de que tenía la atención de todos.

—Bueno, ahora que no se me eche todo el mundo encima —advirtió. Nadie dijo nada y Lilah se lo tomó como una promesa de que no iban a oponerse a lo que estaba a punto de contarles—. Me casé la semana pasada —dijo Lilah—. El jueves.

Los Caskey no dijeron nada, en parte por la conmoción, pero en parte también porque acababan de prometerle que no expresarían su disgusto, aunque les costaba imaginar un anuncio más sorprendente.

Por fin, con un gesto exagerado, Grace miró alrededor de la habitación y dijo:

—¿Está aquí? ¿Lo has traído?

—No —dijo Lilah en tono tajante.

—Podrías haberlo hecho —dijo Miriam—. Tenemos sitio de sobra.

—No quiso venir —dijo Lilah—. Lo invité.

—¿Por qué no? —quiso saber Billy—. ¿Por qué no quiso venir?

—Odia Alabama —respondió Lilah—. Vino aquí en el 64 y el 65, cuando lo de los derechos civiles, y lo corrieron a manguerazos, le pegaron una paliza y lo metieron en la cárcel de Selma. Dice que no piensa volver a pisar Alabama.

—Y ese marido tuyo ¿tiene nombre? —preguntó Lucille.

—Se llama Michael.

—¿Y tiene apellido? —preguntó Miriam.

—Voskoboinikov.

Toda la mesa la miró con expresión de perplejidad. Lilah repitió el apellido, despacio.

—«Vosko» rima con «rosco». «Boin», como una pelota: «boing, boing». Y luego «icov», como si tosieras: «cof, cof». ¿Sí? Voskoboinikov. Muy fácil. Es polaco. Bueno, él no; lo era su abuelo, supongo. Él es de Cleveland. O sea que ahora soy Lilah Voskoboinikov. Ya he hecho imprimir mis cheques. Si quieres verlos, los llevo en el bolso.

—¿Y a qué se dedica? —preguntó Billy—. ¿Ahora que ha salido de la cárcel?

—Es físico del plasma. Científico —añadió ante las miradas vacías de los demás.

Los Caskey negaron con la cabeza: era típico de Lilah haberse casado sin avisar con alguien cuyo nombre no habían oído nunca y que no sabían pronunciar ni podían recordar cómo se escribía, un hombre que trabajaba en algo de lo que nunca habían oído hablar y que se negaba en redondo a ir a Alabama.

—¿Pero podremos conocerlo? —preguntó Miriam.

—Si venís a Nueva York —dijo Lilah.

—Déjame preguntarte algo —dijo Miriam.

—Dime.

—¿Michael sabe cuánto dinero tienes?

—Yo no tengo dinero propio —le recordó Lilah.

—Bueno, pues ¿Michael sabe cuánto dinero tenemos? —insistió Miriam.

—Sí, se lo he contado —contestó Lilah—. Pero creo que no se hace a la idea. Michael no sabe nada de dinero, llevo gestionando todas sus finanzas desde hace un año. No creo que le importe.

Los Caskey suspiraron, pero, una vez superada la conmoción inicial, se dijeron que deberían haber sabido desde el principio que aquello sucedería exactamente así.

Tommy Lee Burgess, en su nuevo rol como ayudante de Miriam en todos los asuntos relacionados con las propiedades petrolíferas de los Caskey, había visto como su estatus crecía no solo a sus propios ojos, sino también a los de su familia y de la comunidad en general, hasta el punto de que se le consideraba un buen partido. No era guapo, y ciertamente tenía sobrepeso, pero era un chico afable y bondadoso, y tenía mucho dinero. Y, sin embargo, Tommy Lee nunca mostró interés por ninguna de las treinta o cuarenta mil jóvenes casaderas del condado de Baldwin, en Alabama, o del condado de Escambia, en Florida. Tommy Lee prefería quedarse en casa, con Grace y Lucille. Sus pasatiempos seguían siendo la caza y la pesca, y muy de vez en cuando salía de juerga inocente con los operarios de las plataformas petrolíferas del pantano, al sur de la granja. El hecho —y todos los Caskey lo sabían— era que Tommy Lee estaba perdidamente enamorado de Lilah Bronze; la amaba desde el día en que se había mudado con su abuela a la casa de al lado de donde vivía la chica. Cuando esta había decidido no estudiar en Auburn, se había llevado una buena decepción y, ahora, el hecho de que a esta no se le hubiera ocurrido otra cosa que casarse con un tipo cuyo nombre nadie podía ni siquiera pronunciar lo había dejado francamente desolado. En la mesa, cuando Lilah había anunciado la sorprendente noticia, no había dicho nada, pero durante el trayecto de vuelta a la granja a través de la oscura campiña desierta se inclinó hacia delante en el asiento trasero y apoyó la barbilla en el asiento entre Grace y Lucille.

—Os lo podría haber dicho a todos hace tiempo

—comentó con pesar—. Os podría haber dicho que eso era ni más ni menos lo que iba a suceder.

—¿Cómo ibas a saberlo? —le preguntó Lucille—. Nadie lo podría haber adivinado.

—Yo lo podría haber adivinado si no hubiera sido tan tonto, pero preferí creer que un día Lilah iba a regresar.

—Estás decepcionado, ¿verdad, Tommy Lee? —suspiró Grace.

—Ya te digo —admitió Tommy Lee en la oscuridad.

—No deberías estarlo. Mira cómo trata Lilah a los demás. Nunca pensé que llegaría a decir esto de nadie, pero Lilah Como-se-llame-ahora es más difícil de lo que Miriam fue nunca. Apuesto a que incluso querías casarte con ella.

—Pues sí, me habría casado con ella al momento.

—Y habrías sido desdichado desde ese momento hasta el fin de los tiempos —dijo Lucille—. Te habría manejado como a un títere.

—Ya lo sé —suspiró Tommy Lee con melancolía.

—¿Sabes qué pienso? —dijo Grace.

—¿Qué?

—Creo que deberías ir a hablar con Lilah y decirle cómo te sientes.

—¿Y eso de qué serviría? —preguntó Tommy Lee—. Tuve mi oportunidad y no dije nada. Ahora ya es demasiado tarde.

—Por eso, este es el momento de decírselo —argumentó Grace—. Cuando ya es demasiado tarde para que diga que sí. Y tú te lo quitarás de encima. Te conozco, Tommy Lee, y sé que cargarás con esto como si fuera una caja fuerte de dos toneladas a menos que vayas a ver a Lilah y le digas lo que sientes.

—Será lo mejor —coincidió la madre de Tommy Lee.

—Da media vuelta —dijo Tommy Lee, lanzándose con fuerza contra el asiento trasero—. Vuelve a la casa y lo haré ahora mismo.

Pero Grace siguió adelante a través de Babylon y hacia la granja.

—Ve mañana —le aconsejó—. Hazlo a la luz del día.

Así pues, Tommy Lee volvió a Perdido a la mañana siguiente y llegó antes de que Lilah se levantara. Melva le había llevado ya una bandeja con el desayuno y esta estaba sentada en la cama. Tommy Lee llamó al marco de la puerta y, mientras untaba una tostada con mantequilla, Lilah dijo:

—Miriam ya ha bajado al aserradero, Tommy Lee. Y no tengo ni idea de adónde se ha ido Malcolm.

—He venido a verte a ti —dijo Tommy Lee.

—Entonces pasa y siéntate en el borde de la cama —repuso Lilah, que levantó la vista y le sonrió. Lilah era una chica guapa, la más guapa que Tommy Lee hubiera conocido nunca, y eso que una vez había salido con la reina del baile de Auburn. Lilah le dirigió una sonrisa radiante que redondeó el saludo más amable que le había dedicado jamás.

—¿Qué haces aquí? —empezó diciendo Tommy Lee con torpeza.

—Estoy desayunando. En Nueva York no puede una conseguir unas buenas gachas de maíz ni por todo el dinero del mundo.

—No, quiero decir, ¿qué haces en Perdido? Si te casaste la semana pasada, ¿por qué no estás de luna de miel?

—Michael no podía partir de inmediato. Nos iremos al Caribe más tarde, en invierno o así. De todos modos, no importa; odio todo esto.

—¿A qué te refieres? —preguntó Tommy Lee.

—Todo lo relacionado con la boda —explicó Lilah—. Por eso no se lo conté a nadie; no quería que hicieran nada. Fuimos al ayuntamiento, fue muy impersonal —añadió con algo muy parecido al orgullo.

Tommy Lee se movió sobre la cama y estuvo a punto de volcar la bandeja de Lilah.

—Eres grande como una montaña, Tommy Lee —dijo Lilah—. Si no te estás quieto vas a tener que sentarte en una silla.

—Te he echado de menos todo el tiempo que has estado en Nueva York —dijo Tommy Lee.

—Y yo también te he echado de menos —dijo Lilah, soplando el café para enfriarlo.

—¿En serio?

—Sí. Si no fuera verdad no te lo diría. A Grace y a Lucille no las eché de menos, por ejemplo, pero a ti sí.

Tommy Lee se quedó mudo, no sabía cómo continuar. Melva subió de nuevo para ver cómo iba el desayuno y Lilah le pidió que trajera una bandeja para Tommy Lee.

—Ya he comido en la granja —protestó Tommy Lee.

—No has pasado con un solo desayuno en diez años —espetó Lilah—. Cómete otro y hazme compañía.

—Así que vas a ser abogada —dijo Tommy Lee, aplazando lo inevitable.

—Tengo la intención de hacer una fortuna —aseguró Lilah con vehemencia.

—¿Por qué?

—¿Cómo que por qué? Todo el mundo quiere ganar mucho dinero.

—Pero tú ya tienes mucho dinero, Lilah.

—No tengo nada que sea mío —dijo ella.

—Solo tendrías que pedírselo a alguien. Solo tendrías que hablar con la primera persona de la familia con la que te toparas y te firmaría un cheque de un millón de dólares, estoy seguro.

—Sí, yo también lo estoy —dijo Lilah en voz baja—. Pero ya me conoces, Tommy Lee; sabes que nunca pediría nada.

Tommy Lee se encogió de hombros.

—Sí, supongo —dijo. Melva le llevó otro desayuno en una bandeja y Tommy Lee se instaló en un sillón—. Lilah —añadió Tommy Lee cuando Melva se hubo marchado—, ¿quieres que te firme un cheque? Porque lo haría, sabes muy bien que lo haría encantado. Además lo mantendría en secreto; no se iba a enterar nadie.

Lilah levantó la vista y lo pensó.

—Tommy Lee —dijo por fin—, ¿te haría feliz si te dejara pagar mi carrera de Derecho?

—¡Claro que sí!

—En ese caso dejaré que lo hagas. Pero no se lo digas a nadie.

—No lo haré —prometió Tommy Lee—. Aunque sabes que lo van a descubrir de todos modos.

—Sí, ya lo sé —dijo Lilah—. ¡Pero que no lo sepan porque se lo dices tú!

Comieron en silencio durante unos instantes.

—¿Sabes qué? —dijo de pronto Tommy Lee.

—¿Qué?

—Llevo tiempo esperando y deseando que volvieras a Perdido.

—Y aquí estoy.

—Quiero decir para siempre —dijo Tommy Lee—. ¿Sabes por qué?

—¿Por qué?

—Porque cuando volvieras iba a pedirte que te casaras conmigo.

—Lo sé —dijo Lilah.

—¿En serio?

—Pues claro que lo sabía, Tommy Lee. Lo saben hasta los tontos del pueblo. Y yo no soy tonta.

—¿Entonces habrías dicho que no?

Lilah se lo pensó.

—Tal vez. O tal vez no —añadió, pensándolo un poco más—. Aunque seguramente habría dicho que no.

—¿Por qué? —preguntó Tommy Lee con más curiosidad que decepción.

—Porque todo el mundo habría querido que nos casáramos. Es lo que todo el mundo habría esperado. Si me hubiera casado contigo, habría sido una repetición de lo de Miriam y Malcolm, y yo no quería eso. No es que piense que tú y yo habríamos sido infelices, Tommy Lee, es que no tengo intención de quedarme aquí ni de hacer lo que la gente espera de mí.

—De modo que te casaste con ese otro hombre...

—Exacto.

—¿Es tan listo como tú, Lilah?

—No. Ni siquiera es tan listo como tú, Tommy Lee, por lo menos para las cosas prácticas. Pero Michael sabe mucho sobre física del plasma y supongo que algún día será alguien importante. Y hace siempre lo que le digo.

—Más le vale, supongo.

Pasaron unos segundos en silencio hasta que Lilah envió a Tommy Lee a la cocina a por más café. Cuando este volvió a subir, Lilah había apartado la bandeja y había sacudido las mantas, de modo que las migas habían caído al suelo. Estaba sentada en la cama, cepillándose el pelo, muy erguida.

—No te enfades, ¿vale? —le advirtió.

—¿Por qué iba a enfadarme? —preguntó él, y sirvió café en la taza que Lilah había dejado en la mesita de noche.

—Porque no me haya casado contigo.

—No estoy enfadado —aseguró Tommy Lee—. Solo estoy decepcionado, ya te lo he dicho. Me pone muy triste, pero no estoy enfadado.

—Te voy a decir algo —contestó Lilah—. Pero solo si me prometes no decir ni una palabra a nadie: ni a Grace y Lucille, ni a Miriam, ni a Elinor, ni a nadie.

—Te lo prometo —dijo Tommy Lee en tono solemne—. ¿Quieres que cierre la puerta?

—No hay nadie —dijo Lilah, descartando su sugerencia—. Quiero que hagas algo por mí.

—Lo que sea.

—Quiero que seas inteligente.

—Lilah, no sé si...

—Quiero que aprendas todo lo que puedas sobre esos malditos pozos de ahí fuera y lo que sea que hace que esta familia gane tanto dinero.

—Eso puedo hacerlo.

—Y luego quiero que vengas a visitarnos a Michael y a mí en Nueva York y que me cuentes todo lo que has averiguado, ¿vale?

—Muy bien —dijo Tommy Lee.

Lilah sonrió. Entonces, con actitud indulgente, se dignó a explicarse más:

—Tarde o temprano voy a heredar de alguien. Tal vez de papá, o de Miriam, o de Elinor, quién sabe... Pero, en todo caso, voy a ser rica. Y voy a ser abogada. Y lo que no sabe nadie más aquí es que en Columbia me especialicé en Negocios.

—¡Negocios!

—¡Shhh! Sí. Le dije a todos que me estaba especializando en Lengua, pero en realidad me especialicé en Negocios. —Su cepillo se topó con una maraña en su larga cabellera y se entretuvo hasta desenredarla—.

Mi idea es volver aquí, tarde o temprano. Seguramente sea tarde, Tommy Lee, o sea que no te hagas ilusiones. Y entonces tú y yo les demostraremos a todos lo que podemos hacer. Tendremos tanto dinero que no sabremos qué hacer con él.

—Ya lo tenemos —señaló Tommy Lee.

—Entonces tendremos cinco veces más. Y tú y yo lo ganaremos juntos.

—¿Estás pensando en divorciarte? —preguntó él con tono inocente—. ¿Tan pronto?

Lilah lo apuntó amenazadoramente con su cepillo.

—Estás empezando a hacer demasiadas preguntas, Tommy Lee Burgess.

12

Brindis con champán

Elinor anunció que quería dar una pequeña fiesta en honor a Lilah antes de que esta regresara a Nueva York, para celebrar su matrimonio con el desconocido doctor Michael Voskoboinikov. Lilah aceptó de mala gana y solo por el afecto y el respeto que sentía por su abuela.

—Pero no invites a mucha gente —le pidió—. No quiero que me tiren del brazo ni tener que responder a quinientas preguntas estúpidas sobre Nueva York. Eso es lo que no quiero.

—Solo vendrá la familia —respondió Elinor—. Michael no está aquí, de modo que no podemos invitar a nadie más. Habría demasiadas preguntas.

—O sea que lo que estás planeando es una cena con toda la familia; te refieres solo a eso, ¿verdad? —preguntó Lilah, aliviada.

—Sí —respondió Elinor—, pero un poco más formal de lo habitual. Si no has traído nada, pídele a Miriam que te preste alguna de sus joyas.

Así pues, Elinor Caskey organizó una pequeña cena familiar la noche antes de que Lilah volara de vuelta a Nueva York. Billy, Malcolm y Tommy Lee se compraron esmóquines negros para la cena, y Grace y Lucille fueron a Pensacola y compraron vestidos nuevos. Iban a poner la mesa del comedor con la vajilla de boda de Mary-Love, el mejor cristal tallado de Elinor y un juego de plata de James que se habían llevado de la casa antes de que esta se quemara.

Nadie sabía por qué, pero los preparativos para la ocasión estuvieron rodeados de un aire de melancolía. Tal vez fuera por la inusitada atención con la que Elinor lo había planeado todo, preocupándose por los detalles de una manera nada habitual en ella. Mandó a Malcolm a Nueva Orleans para que comprara un mantel nuevo e hizo venir una florista desde Mobile para que arreglara las flores el viernes por la mañana. Zaddie, Luvadia y Melva, que iban a encargarse del servicio, recibieron sendos uniformes grises nuevos solo para aquella noche.

—Elinor —dijo Billy, curioso ante aquel despliegue de energía—, ¿estás planeando algo especial?

—No —respondió Elinor al cabo de un momento—. Es solo que no pudimos organizar una boda adecuada para Lilah...

Llegó el viernes por la noche y los miembros de la familia que quedaban se reunieron en casa de Elinor. Malcolm fue el primero en aparecer y empezó a preparar los utensilios necesarios para hacer los cócteles, una tarea que le correspondía desde hacía tiempo. Al cabo de poco Billy bajó a hacerle compañía, y más tarde llegaron Lucille, Grace y Tommy Lee en su Cadillac, que no sacaban casi nunca. Lucille, embutida dentro de una faja ceñida, y Grace, un poco insegura sobre sus tacones altos, terminaron de subir los escalones de la entrada justo cuando Elinor bajaba por las escaleras del primer piso. Miriam y Lilah fueron las últimas en llegar, una extraña pareja que se abrió paso a través de los patios de arena, bajo el fulgor del crepúsculo sureño. Miriam llevaba un vestido de terciopelo púrpura y diamantes, y Lilah uno de seda verde y esmeraldas.

Subieron los escalones de la entrada y se detuvieron en el porche. Miriam llamó suavemente a la puerta mosquitera. Zaddie apareció con su nuevo uniforme almidonado y abrió.

—Buenas noches, señora Miriam. Buenas noches, señora Lilah.

—Buenas noches, Zaddie —respondió Miriam—. ¿Ya están todos?

—Todos aquí menos ustedes. Vienen guapísimas esta noche.

—Gracias —respondió simplemente Lilah, sonrojándose por el cumplido.

Zaddie abrió las puertas del salón delantero y, nada más entrar, Miriam exclamó:

—Malcolm, ¿me has preparado ya una copa?

Lilah se demoró un momento detrás de Zaddie y entonces, como si se armara de valor (o tal vez como si se diera cuenta de que el valor no debería importar cuando una estaba rodeada de su propia familia), entró en la sala y se sentó en el sofá junto a Tommy Lee.

Zaddie y Luvadia llevaron dos neveras con botellas de champán. Malcolm las descorchó y las sirvió.

Por indicación de Elinor, Zaddie y Luvadia regresaron con Melva. Las tres sirvientas se colocaron ante la puerta y les dieron también una copa de champán a cada una.

—El primer brindis —dijo Elinor, de espaldas a la ventana delantera, en el lugar preciso donde Miriam recordaba haber encontrado a Mary-Love en su ataúd— es por Lilah, que es, al menos por el momento, la última de los Caskey. Los siguientes brindis serán para los Caskeys que nos han dejado. Esta fiesta es tanto para recordarlos a ellos como para celebrar el matrimonio de Lilah. Lilah, espero que no te importe...

Lilah negó con la cabeza y sonrió.

—Claro que no, abuela —dijo en voz baja—. ¿Cómo me iba a importar?

La sala estaba iluminada con gran delicadeza, solo con velas y apliques. ¿Era esa iluminación favorecedora lo que hacía que Lilah pareciera repentinamente tan cambiada, tan complaciente?

Elinor sonrió y continuó:

—Quiero brindar por Oscar —dijo con sencillez—. No sé si alguno de vosotros, más allá de Billy y Zaddie, se ha dado cuenta de cuánto lo echo de menos y de lo vacía que parece esta casa sin él. Cada vez que oigo su radio en el piso de arriba tengo que hacer un esfuerzo por no pensar que será Oscar, sentado en su silla y girando el dial, pasando de un partido de béisbol a otro. «Es Billy, no Oscar», me digo. Mary-Love solía decir que solo vine a este pueblo para cazar a su hijo. Siempre decía que aquel día, tras la riada de 1919, yo estaba al acecho en el Osceola, esperándolo a él y a nadie más —dijo Elinor con una sonrisa—. Mary-Love tenía razón. Y este brindis es por Oscar.

Levantó la copa. Los demás la imitaron y bebieron el champán. Malcolm recorrió lentamente la sala, rellenando las copas.

—Este es por Sister —siguió diciendo Elinor—, a quien todos queríamos y a quien Miriam quería más que a nadie. Pobre Sister, nunca le dejaron hacer nada por sí misma, nunca tuvo nada ni pudo sentir que algo era solo suyo. Siempre amó y odió a la contra. Se pasó toda la vida luchando, y creo que ninguno de nosotros entendió nunca el precio que pagó por esas batallas. En mi opinión fue Sister, más que nadie, quien llegó hasta la raíz de esta familia, porque de todos nosotros era la que estaba más desesperada. Luchaba más que nadie y se aferraba a las cosas más que nadie, y al final, cuando cambió, lo hizo más de lo que cualquiera de nosotros podría haber imaginado. Se convirtió en Mary-Love, la persona a la que más odiaba y también a la que más amaba. Fue infeliz toda su vida, terriblemente infeliz, y si ahora regresara, si entrara por esas puertas y tuviera la ocasión de volver a hacerlo todo, sé que diría: «¡Quiero que sea todo igual que fue!». Así que esta va por Sister, a la que echo mucho, muchísimo de menos.

Elinor levantó la copa. Los demás la imitaron y volvieron a beber champán.

—Uno más —dijo entonces Elinor—. Solo uno más. Para James y Queenie y Mary-Love. Vosotros los recordáis como padres, tíos y tías, pero yo no; yo los recuerdo de otra manera. Por un lado, fui la única capaz de plantarle cara a Mary-Love y luchar con ella de tú a tú. Y fui también la única que ganó una batalla contra ella. No voy a decir que la echo de menos, Miriam, no te mentiría ni siquiera en eso. Colocamos su féretro aquí, justo donde estoy yo ahora. Y murió en la habitación que hay encima de esta sala. No lo lamenté en su momento, ni una pizca, y tampoco lo lamento ahora. Sé lo infeliz que fue Oscar por su culpa y sé lo que le hizo a Sister. Y, Miriam, no te va a gustar que te diga esto, pero también sé lo que te hizo a ti.

Miriam se quedó muy rígida, con la mirada fija en Elinor, pero no se atrevió a objetar.

—A veces me pregunto si cometí un error renunciando a ti y dejándote con Mary-Love. Mary-Love y yo nos peleamos, nos peleamos con más saña de lo que la mayoría de vosotros podéis imaginar, incluso ahora que ha pasado el tiempo, y tú, Miriam, te viste atrapada en el medio.

Elinor hizo una pausa, como si esperara que Miriam hablara. Y esta lo hizo, aunque con evidente reticencia.

—Nunca te lo he perdonado, mamá, es la verdad. Sé que ahora nos llevamos bien, pero es que eres ya tan vieja... Y yo también me estoy haciendo mayor. Ahora tengo el anillo de Mary-Love, el que le robaste cuando murió. Y logré alejar a Lilah de ti, eso me hizo sentir mejor... Pero creo que nunca te he perdonado de verdad y dudo que llegue a hacerlo nunca.

—Ya lo sé —dijo Elinor—. Pero la cuestión es: si pudieras volver a empezar desde el principio, ¿cambiarías algo?

—No —respondió Miriam sin dudarlo—. Nada de nada.

—Igual que Sister —murmuró Grace—. Pobre Sister.

—Y pobre James —añadió Elinor—, y pobre Queenie. Mary-Love pasó por encima de James porque este se lo permitió. Mary-Love no soportaba a Queenie porque era una Strickland pero no tenía la clase de Genevieve. Aún me acuerdo de cuando Queenie llegó al pueblo. Tú, Malcolm, eras un niño pequeño y te portabas fatal. Y tú, Lucille, eras una llorona; nunca he visto a una niña que llorara tanto como tú. Y, mientras tanto, lo único que quería Queenie era que James la acogiera. Pero Queenie cambió, y fue gracias a James, porque se la tomó en serio; no creo que nadie se hubiera tomado nunca en serio a Queenie. Lucille, espero que la eches de menos.

—¡Sí! —exclamó Lucille—. ¡Claro que sí!

—Yo también —dijo Malcolm.

—Y yo también —dijo Tommy Lee.

—Y yo echo de menos a papá —suspiró Grace.

—Oye —dijo Lucille, tomando la mano de Grace y retorciéndosela con fuerza—, todo esto me está poniendo muy triste. ¿Podemos cambiar de tema? No hablemos más de toda la gente que ha muerto. Creía que esto era una fiesta para Lilah y para celebrar que se va a casar con.... como se llame.

—Voskoboinikov —dijo Lilah—. Se llama Voskoboinikov. Y yo ahora también. Pero ¿sabes qué, Lucille?

—¿Qué? —preguntó Lucille.

—Todos nos morimos —dijo Lilah—. Todos. Todos los que estamos en esta sala vamos a morir, tarde o temprano. Del primero al último.

—¡Pero no hace falta que hablemos de ello! —exclamó Lucille.

—A ver—dijo Zaddie desde la puerta—. Es hora de que se sienten a la mesa o toda mi comida se va a enfriar.

Los Caskey se terminaron el champán de sus copas, las dejaron a un lado y entraron en el comedor. Elinor ocupó su lugar habitual en la cabecera de la mesa y Lilah, como invitada de honor, se sentó en el extremo opuesto, en el antiguo lugar de Oscar.

—Aquí estamos los Caskey que quedamos —dijo Elinor en vez de bendecir la mesa—. Somos menos de los que solíamos ser y, me alegra decirlo, somos también mucho más ricos que antes. De hecho, tenemos todo lo que siempre quise que tuviéramos. Y, sin embargo, las cosas nunca salen como una espera. Pero eso no importa, no importa lo más mínimo. Sister y Miriam tienen razón: no importa lo que hayas tenido que pasar, no importa lo que hayas hecho o sufrido, ni tampoco los errores que hayas cometido, por terribles que fueran; no importa que te rindieras cuando debías perseverar o que perseveraras cuando deberías haberte rendido, ni tampoco que sucedieran cosas que te hicieran infeliz: no puedes desear que tu vida sucediera de otra forma.

Miró alrededor de la mesa. Zaddie entró con los primeros platos, una bandeja de faisán que Tommy Lee había cazado y colgado para dejarlo reposar hacía un mes. Elinor sonrió y acarició con los dedos el collar de perlas negras que llevaba en el cuello.

—Gracias, Zaddie —dijo—. Zaddie se ha tomado muchas molestias para prepararnos esta cena...

—No ha sido ninguna molestia... —murmuró Zaddie en tono casual, pero con orgullo.

—Fíjate bien en nosotros, Zaddie —dijo Elinor.

—¿Disculpe?

—Fíjate bien, Zaddie, porque es la última vez que nos verás así, todos juntos. Lilah tiene razón: todos nos morimos. Y esta noche hay alguien ahí fuera, en el cementerio, apoyado en la lápida de Mary-Love, que está lanzando una moneda al aire para ver cuál de nosotros será el siguiente.

Fue una cena sustanciosa y parecía que los platos que Zaddie, Luvadia y Melva iban sacando de la cocina no tenían fin. Malcolm no había previsto que bebieran más de tres botellas de vino, pero resultó que tuvo que abrir una cuarta, y luego una quinta. Más tarde, cuando recogieron los platos y sacaron dos cafeteras (una para Miriam y otra para los demás), Malcolm y Billy se encendieron un puro. Durante la última parte de la velada, Miriam y Lilah tomaron el mando de la conversación, que volvió a girar en torno a la peculiar costumbre de los Caskey de robarse los hijos unos a otros.

Miriam no abordó el tema directamente, pero su maniobra de aproximación fue igualmente polémica.

—Espero que seas feliz con ese hombre, Lilah —dijo con cierta brusquedad.

—Esa es la idea —respondió Lilah con la misma rotundidad.

—Lo que pasa —añadió Miriam, que no se andaba con rodeos—, es que, quien más quien menos, todos esperábamos que fuerais tú y Tommy Lee quienes os casarais.

Lilah y Tommy Lee intercambiaron una mirada.

—Lilah no estaba enamorada de mí —dijo él—. Una pena.

—Eso es una cuestión subjetiva —comentó Grace, con un tono de voz no del todo bajo.

—Supongo que si me hubiera casado con Tommy Lee habría sido más conveniente para todos —dijo Lilah—. Conveniente para todos menos para mí, quiero decir.

—Tú y Tommy Lee os podríais haber hecho cargo del negocio cuando yo estuviera ya vieja y ajada —prosiguió Miriam.

—No nos podríamos haber hecho cargo de nada hasta que estuvieras muerta, Miriam —espetó Lilah—. No te veo renunciado a mucho de tu poder hasta entonces.

—Puede ser —convino Miriam. Los demás Caskey se reclinaron en sus sillas y cedieron todo el protagonismo a las dos mujeres enjoyadas—. Puede ser —repitió—. Pero me he portado bien con Tommy Lee, ¿no? Le he dado cosas que hacer...

—Te has portado muy bien conmigo —le dijo Tommy Lee a Miriam—. Me ha enseñado muchas cosas —añadió, dirigiéndose a los demás—. Y me ha dado muchas responsabilidades.

—Pero hay otra razón por la que me habría gustado que Lilah se casara con Tommy Lee —continuó Miriam, cortando el discurso de agradecimiento de Tommy.

—¿Cuál? —preguntó Lucille con curiosidad.

—Malcolm y yo hemos estado bastante solos en la casa de al lado. Y esperaba que Lilah y Tommy Lee tuvieran un bebé, eso es todo. —Miriam se sirvió otra taza de café—. Zaddie —le dijo a la sirvienta, que justo en aquel momento pasaba por la sala—, ¿podrías traerme una taza más grande, por favor? Si no voy a pasarme la noche con la cafetera en la mano.

—Quieres que tenga un bebé para poder robármelo —dijo Lilah—. Igual que me robaste a mí.

—Exacto —admitió Miriam con calma—. Solo que este lo habría conseguido mucho más joven. Lo esperaba de veras, Lilah. Malcolm y yo hemos estado muy solos desde que te fuiste.

—Ahora sabes cómo nos sentimos Elinor y yo cuando nos quitaste a Lilah —dijo Billy.

No era un comentario acusador, sino una simple observación. Miriam no respondió y siguió hablando con Lilah.

—¿Crees que tú y ese chico pensaréis en tener un bebé?

—Él quiere uno —dijo Lilah—. Yo no.

—¿Por qué no? —preguntó Lucille.

—Porque no le veo el sentido a pasar no sé cuántos meses de incomodidad y dolor solo para que Miriam se suba a un avión, venga a Nueva York y me lo quite.

—No creo que duela tanto —dijo Miriam—. Además, si eso es lo que te preocupa, te mandaría a Melva o a alguna otra chica para que te cuidara. Ni siquiera me importa que sea niño o niña, y a Malcolm tampoco. Y puedes ponerle el nombre que quieras; por mí como si lo llamas Ananías Misael Azarías.

—No —dijo Lilah sin rodeos—. No lo haré.

—Miriam —exclamó Grace indignada—, desde luego eres igual que Mary-Love. No puedes servir una taza de café sin conspirar.

Zaddie le había llevado una taza más grande y Miriam la llenó de café.

—No estoy conspirando —dijo—. Solo pensé que estaría bien tener un bebé. Malcolm y yo nos casamos demasiado tarde. Y todos en esta sala habéis tenido el placer de criar a una criatura, todos excepto Malcolm y yo.

—Pues ve y encuentra una —sugirió Lilah con brusquedad—. Visita un orfanato. O pon un anuncio en el periódico.

—No, yo quiero un bebé Caskey —dijo Miriam—. Tiene que ser un bebé Caskey.

Lilah no dijo nada.

—Después de todo lo que he hecho por ti —siguió diciendo Miriam con serenidad—, después de todo lo que te he dado, no me lo agradecerías ni que estuvieras atada a la hoguera y yo tuviera una cerilla encendida.

—Gracias por todo lo que has hecho por mí, Miriam —dijo Lilah—. Pero igualmente no voy a darte ningún bebé.

13

El nido

—Lo siento —dijo Billy. Todo el mundo se había ido ya a casa y él y Elinor se dirigían a sus dormitorios de la primera planta—. Siento que hayas tenido que oír esa conversación entre Miriam y Lilah.

—Miriam no va a cambiar nunca —dijo Elinor, sacudiendo la cabeza con una sonrisa—, y Lilah tampoco. Pero la sangre no ha llegado al río, ¿no? Han vuelto a casa juntas, ¿verdad? Y la semana que viene Miriam volará a Nueva York y conocerá al marido de Lilah.

—¿Y tú qué piensas? —preguntó Billy, deteniéndose en el rellano. En la mano llevaba la última media botella de champán y una copa.

—¿Sobre qué? —preguntó Elinor, apoyándose un momento en el marco del ventanal de la escalera. De fondo oían a Zaddie y a Melva en el comedor, recogiendo la cubertería y la cristalería mientras retiraban la mesa.

—Sobre todo este asunto del bebé. ¿Crees que si Lilah tuviera un bebé Miriam trataría de arrebatárselo?

—Sí —dijo Elinor—. Creo que es lo más probable.

—¿Y tú crees que está bien? —añadió Billy, sirviéndose una copa de champán—. ¿Debería haber cogido otra copa? —preguntó entonces, pero Elinor negó con la cabeza.

—No sé si está bien o no —dijo ella—. Además, ¿quién soy yo para decir algo al respecto? Todo este asunto empezó cuando yo renuncié a Miriam. La pregunta debería ser: ¿estuvo bien entonces?

—¿Lo estuvo?

Elinor empezó a subir el corto tramo de escaleras que llevaba del rellano hasta el primer piso.

—¿Qué haces bebiendo más champán? —preguntó—. ¿No has tomado suficiente vino con la cena?

—No quería que se echara a perder —dijo Billy—. Y pensar en Frances me ha puesto triste.

Siguió a Elinor hasta que llegaron a la puerta de su sala de estar.

—¿En Frances? —preguntó ella.

—¿Por qué no la has incluido cuando has brindado por los muertos? —quiso saber Billy.

—Termínate ese champán y vete a la cama, Billy —dijo Elinor—. Ha sido una noche muy larga.

Billy dio media vuelta y se metió en su habitación. Se acercó a la ventana que daba a la casa de Miriam, donde vio a esta y a Lilah guardando las joyas que se habían puesto para la cena. Se quedó allí bebiendo champán hasta que se apagaron todas las luces de la casa de enfrente y él se hubo terminado la botella. Entonces se quitó la ropa y se metió en la cama. Se quedó dormido sin pensar en nada.

Al rato despertó. No sabía cuánto tiempo había pasado, pero tenía la sensación de que era tarde. Le dolía la cabeza y se quedó muy quieto, apretándose la frente con los dedos con la esperanza de calmar las punzadas, pero no sirvió de nada. Fue al baño, se tomó dos aspirinas y se lavó la cara con un paño húmedo. Eso sí ayudó un poco, y volvió al dormitorio. Las punzadas habían remitido un poco y de pronto oyó las voces. Provenían de la habitación de Elinor, como siempre. El champán le había hecho olvidarse de ellas al acostarse, y ahora el champán hizo que abandonara su estudiada reserva en cuanto a las visitas de Elinor. Sin pensar en las consecuencias que podía tener, se acercó a la puerta de la habitación y la abrió sin hacer ruido. En el pasillo las voces sonaban más fuertes, pero la puerta del salón de Elinor estaba cerrada, por lo que seguía sin poder distinguir lo que decían.

Lo que sí reconoció, como tantas veces antes, fue la voz de su esposa. Solo que Frances estaba muerta, ahogada en las aguas negras del Perdido.

Billy salió al pasillo. La alfombra estaba húmeda bajo sus pies. Olió el agua y supo que era del río. Notó arena en las plantas de los pies y supo que era barro de Perdido. Fue hasta la puerta del salón de Elinor, giró delicadamente el pomo y la abrió un resquicio.

La súbita claridad de la voz de Elinor no lo sobresaltó tanto como la luz de su dormitorio, que cayó repentinamente sobre la pernera de su pantalón de pijama. Se quedó quieto, escuchando.

—... demasiado tarde —dijo Elinor.

—No, no lo es —dijo la otra voz, la de Frances, solo que Frances se había ahogado—. No lo es, mamá. Pero si te quedas aquí lo será. Eres vieja, muy vieja. Y me duele ver que cada día envejeces un poco más. Yo vengo a verte siempre que tengo ocasión, cada vez que puedo llevar a cabo la transformación, que no es siempre. Y Nerita nunca se transforma, no creo que pueda. ¿Qué pasará si un día yo tampoco puedo? Deberías venir y quedarte con nosotras, mamá. Si volvieras con nosotras no envejecerías más, incluso podrías volver a ser joven. Nerita y yo te cuidaríamos bien, mamá...

—No quiero irme, cariño.

—¿Por qué no? ¿Qué te retiene aquí? Papá está muerto, James está muerto, Queenie está muerta...

—Billy... —dijo Elinor.

—Billy se queda aquí por ti. No quiere dejarte sola, eso es todo. Si te fueras, Billy se iría a otra parte y disfrutaría un poco de la vida, sé que lo haría. Sería bueno para él. ¡Pobre Billy! El otro día, por la noche, abrí la puerta de mi antigua habitación y ahí estaba...

—¡No deberías haberlo hecho! ¿Y si lo hubieras despertado?

—Mamá —dijo alguien que no podía ser Frances, aunque tenía la voz de Frances y llamaba a Elinor «mamá»—, ¿no crees que Billy sospecha algo?

—Nunca ha dicho nada.

—Ni Zaddie tampoco. ¿No crees que Zaddie lo sabe?

—Zaddie lo sabe, desde luego —coincidió Elinor.

—Y Billy también. De todos modos, no se despertó. Quería enseñarle a Nerita cómo es su papá.

—¿Y qué dijo Nerita? —preguntó Elinor con curiosidad.

—Que parecía viejo. Y es verdad, está viejo. Pobre Billy.

Billy empujó la puerta hasta abrirla de par en par y se adentró en el círculo de luz del salón. Elinor estaba sentada en uno de los sillones nuevos de felpa que había comprado tras la muerte de Oscar, y en el borde de la cama estaba sentada Frances, su esposa. Pero aquella no era Frances. No podía serlo: Frances había nacido en 1922, y si no se hubiera ahogado en el Perdido en ese momento habría tenido casi cincuenta años; aquella Frances, en cambio, no tenía más de treinta y dos o treinta y tres años, y se parecía a Frances cuando Billy la había visto por última vez.

—¿Frances? —preguntó Billy.

Esta se rio y se cubrió el pecho con la bata de algodón.

—Hola, Billy —dijo tímidamente—. ¿Por qué no te has casado en todos estos años?

—Billy —dijo Elinor, no con severidad sino con tristeza—, vuelve a la cama.

Billy dio unos pasos, se colocó detrás de la silla de Elinor y miró a su mujer.

—¿Estás viva? —preguntó.

—No —dijo Elinor.

Frances negó con la cabeza.

—No —dijo—. No lo estoy.

—¿Y quién es Nerita? —preguntó Billy.

—Nerita es tu otra hija —dijo Frances—. Esta noche no ha venido.

—Pero algunas noches viene —dijo Billy—. Y canta, ¿verdad?

—¿La has oído? —preguntó Elinor, mirando a Billy por encima del hombro.

—Sí, la he oído —dijo este—. Y la otra noche, cuando os asomasteis a mi habitación, estaba despierto, pero no abrí los ojos.

—Vuelve a la cama —dijo Elinor.

—No estás triste por mí, ¿verdad? —preguntó Frances con curiosidad, y Billy negó con la cabeza.

—Nunca lo he estado —admitió.

—Bien —dijo Frances—. Entonces vuelve a la cama, Billy, y cuando nos oigas a Nerita y a mí que subimos a visitar a mamá, no salgas, ¿entendido?

—Estás muerta —dijo este en voz baja—. No parece que estés muerta. Vives en el fondo de la confluencia, ¿verdad? Recuerdo el día que decidimos casarnos: me llevaste a lo alto del dique y bajamos hasta la confluencia, y entonces me dijiste que habías estado allí abajo. Y ahí es donde estás ahora, ¿no? En el fondo de la confluencia.

—Billy... —empezó a decir Elinor.

—¿Te vas a ir con Frances? —le preguntó Billy a su suegra.

—Sí —se apresuró a responder Frances.

—No, no me iré —dijo Elinor—. Me quedaré aquí contigo, Billy.

—Pero mamá...

—¡Shhh! —chistó Elinor—. Tomé la decisión hace mucho tiempo, Frances; el domingo de Pascua de 1919, cuando me senté en el borde de esa cama, en la habitación esquinera del Osceola. No pienso dar marcha atrás ahora.

—¡Pero puedes volver, mamá!

Elinor negó con la cabeza. Parecía haber olvidado que Billy estaba allí, o tal vez quería que lo oyera.

—No puedo volver —dijo—. Una vez tomas la decisión no hay vuelta atrás. Tú naciste aquí, en esta habitación, cariño, y elegiste volver al río. Yo nací... bueno, no nací en ningún lecho de plumas, y un día, cuando todo el pueblo estaba bajo el agua, vi a un hombre blanco y a un hombre negro remando en un bote verde y tomé la decisión. Así que voy a terminar mis días aquí.

—¡Estás malogrando tu vida, mamá! —exclamó Frances.

—No he malogrado nada. No me he arrepentido ni un momento; ni siquiera cuando Oscar murió y supe que lo habían matado Mary-Love y John Robert DeBordenave, que había muerto por mi culpa y por lo que yo les había hecho. No me arrepentí ni siquiera entonces, cariño.

Frances se deslizó desde el borde de la cama hasta el suelo, a los pies de su madre.

—Mamá, ¿qué haremos Nerita y yo sin ti? ¿Cómo voy a dejarte envejecer y morir? Ya estás muy mayor...

—No puedes hacer nada, cariño. Nada. Tengo a

Billy —no se había olvidado de él: alargó el brazo y le dio la mano—, y Billy cuidará de mí. Billy, por eso te he retenido a mi lado.

—¿Por qué? —preguntó.

—Para que cuides de mí cuando muera.

—Elinor... —protestó Billy.

—Tú y Zaddie vais a tener que protegerme —añadió Elinor, en voz baja.

—¿Protegerte de qué? —exclamó Frances, mirando fijamente a su madre.

—Ellos lo sabrán cuando llegue el momento.

—¡Nerita y yo te protegeremos! Te protegeremos de lo que sea.

—No podréis —dijo Elinor—, pero Billy y Zaddie estarán aquí.

—Mamá, ¿sabes cuándo va a ser?

Elinor solo sonrió.

—Cariño, te prometo que antes de que ocurra vendré al río una vez más, solo una vez más, y me despediré de ti y de Nerita.

Al día siguiente de aquella fiesta marcada por la melancolía, Lilah regresó a Nueva York junto al señor Voskoboinikov. Consternado y desamparado, Tommy Lee se dedicó al negocio petrolífero de los Caskey con redoblado ardor. Todas las mañanas se presentaba en los pozos a primera hora para poder hablar con los trabajadores del tercer turno, antes de que regresaran a sus casas rodantes de Cantonment y Jay. Hablaba con

Miriam y con Billy por teléfono dos o tres veces al día, e incluso hizo varios viajes de negocios con esta, en los que Miriam lo presentaba a sus clientes. Elinor lo ayudó a elegir varios trajes nuevos para esas ocasiones y, por lo general, causó una buena impresión; cuando menos, tenía un aspecto «importante». Además, contaba con la recomendación de Miriam, y en Nueva York, Houston y Nueva Orleans eso contaba bastante.

Poco a poco fue corriendo la voz en Babylon y en Perdido de que Tommy Lee había sufrido una decepción amorosa. Él y toda su familia esperaban que se casara con Lilah Bronze; pero Lilah, que había aprendido de Miriam, había tomado una decisión propia de su tía y se había casado con un hombre con un apellido así de largo que, encima, había jurado sobre una montaña de Biblias no volver a poner los pies en Alabama. El episodio de los derechos civiles en Selma había sucedido no hacía tanto tiempo, y la gente aún no había perdonado del todo a los norteños y a los nuevos oportunistas llegados del norte, que se habían instalado en la zona y se habían entrometido con mala fe en los asuntos locales. Y a Lilah Bronze no se le había ocurrido nada más que casarse con uno de esos hombres sin principios. Tommy Lee había ganado algunos enteros a los ojos de la comunidad a causa de su corazón roto; todos entendían que se había entregado al trabajo para olvidar. Las madres decidieron mantener a sus hijas alejadas «hasta que el chico vuelva a encontrarse a sí mismo». Gracias a esta perversión de la historia, Tommy Lee se convirtió en un adulto sin tener que soportar la carga del matrimonio, el rito de iniciación habitual en el desarrollo de cualquier hombre en Alabama.

Lucille y Grace estaban orgullosas de Tommy Lee. Cada noche, cuando se arrodillaban para rezar una al lado de la otra junto a la cama, nunca se olvidaban de darle gracias a Dios porque Tommy Lee no se hubiera rebelado y se hubiera marchado a Chicago para enfrentarse a la policía, porque no se hubiera dejado melena ni se hubiera dedicado a tomar LSD. Daban las gracias por tenerlo con ellas la mayoría de los días a la hora de comer y todas las noches a la hora de cenar, y porque su risa estridente resonara por toda la casa por la noche, mientras veía la televisión junto a sus amigos de las plataformas petrolíferas.

Una mañana de la primavera de 1970, a última hora, Tommy Lee estaba remando con su barca a través del pantano, en un rumbo tan directo hacia el norte como lo permitían las vías acuáticas y los montículos de tierra. No le gustaba usar el motor por el ruido que hacía y por el olor a gasolina que desprendía; además, el ejercicio siempre le servía para aumentar el apetito, y teniendo en cuenta la tortuosa topografía del pantano, navegar a remo no era mucho más lento que hacerlo a motor. Había pasado la mañana con los trabajadores de las plataformas número 5 y 8, y ahora se dirigía de vuelta a la granja para comer. Se había familiarizado con el pantano y conocía las vías lo bastante bien como para poder entrar y salir sin problemas, que era lo único que realmente importaba. Tenía un pequeño bote amarrado en el extremo sur de la granja, justo donde empezaba el pantano. En el fondo de la barca, y bajo una lona ajustada, había una caja de cerveza, el rifle que Elinor le había regalado por Navidad hacía unos años y los números recientes de varias revistas para hombres metidas en una bolsa de plástico. Las revistas para hombres eran suyas, pero temía que Grace o Lucille las encontraran en la casa; la cerveza era para los trabajadores de la plataforma petrolífera; y el rifle era para los caimanes que de vez en cuando se acercaban nadando perezosamente a la popa de su pequeña embarcación, como esperando que un bocado tan considerable como Tommy Lee Burgess se desmayara por el calor y cayera por la borda al agua aceitosa.

Aquella mañana, con el estómago rugiendo, Tommy Lee remaba solo por el pantano, sin pensar en nada más que en el almuerzo que sabía que Luvadia le estaba preparando. Había llegado a un punto situado a dos kilómetros de la plataforma petrolífera instalada más al norte, pero todavía a un kilómetro de donde solía amarrar el bote. Por la posición del sol sabía que avanzaba en la dirección correcta, de modo que no prestaba mucha atención al paisaje concreto que iba dejando atrás. De todos modos, el paisaje era muy parecido miraras donde miraras.

Tommy Lee decidió que Luvadia le estaba cocinando o bien maíz frito, o bien *okra*. Cuanto más pensaba en ello, más deseaba que no fuera solo *okra*, y que no hubiera nada de maíz frito. Tommy Lee no entendía cómo a alguien podía gustarle la *okra* a menos que estuviera frita y bien rebozada, e incluso así tenías que fingir que estaba rellena de gambas aceitosas. El bote debió de pasar por un lugar poco profundo, porque de pronto el remo se le quedó atascado en el barro. El bote se sacudió y Tommy Lee cayó hacia adelante y se golpeó dolorosamente las rodillas contra la caja de cerveza.

Había soltado el remo, que había quedado clavado en el barro. El bote se tambaleó y se balanceó mientras Tommy Lee se enderezaba para recuperarlo.

De repente este se levantó y salió volando por los aires.

Tommy Lee, asombrado, lo vio elevarse y vio con la boca abierta cómo quedaba suspendido en el aire durante un instante antes de volver a caer al agua, a unos veinte metros del bote.

Tommy Lee miró por encima del borde de la embarcación y vio que algo le devolvía la mirada desde debajo del agua negra y aceitosa: una cara redonda y plana, verde o negra, no habría sabido decirlo con seguridad, con unos ojos saltones y perfectamente circulares, una boca ancha y sin labios y dos agujeros dilatados como fosas nasales. No era su propio reflejo, pues sin lugar a dudas estaba bajo la superficie del agua. No se parecía en absoluto a un caimán, ni a ninguna clase de pez que nadie hubiera capturado en aquellas aguas (ni en ningunas otras). Y tampoco era un animal ahogado, atrapado en las raíces sumergidas de uno de los cipreses. No era nada que encajara con la experiencia de Tommy Lee. Y este ya no tenía su remo.

Se dio la vuelta en la barca y tiró de la cuerda del motor, rezando para que arrancara. «Lo usé por última vez la semana pasada —pensó—. No, la semana pasada no: el mes pasado».

El motor no arrancó.

Tommy Lee volvió a tirar de la cuerda. El motor borboteó y luego se apagó. De repente la embarcación se sacudió hacia atrás. Tommy Lee perdió el equilibrio un momento, resbaló torpemente del asiento y cayó al fondo de la embarcación. Mientras intentaba levantarse de nuevo al tiempo que trataba de alcanzar el motor, la embarcación se escoró peligrosamente hacia la derecha. Tommy Lee alargó la mano para agarrarse a los costados e intentó enderezarla poniendo todo su peso en el lado izquierdo, pero su mano derecha no tocó el borde de la embarcación, sino otra cosa, algo húmedo y resbaladizo.

Apartó la mano y volvió la mirada: había un brazo —definitivamente de color gris verdoso, no negro— terminado en una mano ancha, abierta y palmeada, que había superado el borde del bote. La mano estaba posada sobre el asiento, como si se agarrara.

Tommy Lee cogió la bolsa de plástico que contenía las revistas para hombres y golpeó la mano con ella. Esta ni siquiera se inmutó. Tommy Lee tiró las revistas a un lado, agarró el rifle y golpeó la mano con la culata. Esta se contrajo levemente y tembló de forma apenas perceptible, pero siguió agarrándose al asiento. Entonces Tommy Lee se dio cuenta de que el bote estaba virando lentamente a la derecha. Lo que fuera aquella cosa no intentaba subir a bordo, sino que se estaba llevando el bote, nadando con él.

Tommy Lee no se atrevió a mirar por la borda.

Se volvió con el rifle y apuntó a la mano. Pero no disparó, ya que se dio cuenta de que la bala atravesaría no solo la mano, sino también el asiento y el fondo de la embarcación. No le apetecía nada hundirse en el pantano con «eso».

Intentó poner en marcha el motor sin hacer demasiado ruido, pero este seguía sin arrancar. El bote se dirigía inexorablemente hacia uno de los montículos más grandes de esa parte del pantano, uno que Tommy Lee reconoció de inmediato y al que incluso le había puesto un nombre. Lo llamaba el Nido, por todos los nidos de caimanes que lo bordeaban.

A falta de alguna idea mejor, se sentó junto al motor y tiró repetidamente de la cuerda sin perder de vista la mano y tratando de evitar que el rifle le resbalara sobre el regazo.

El motor arrancó por fin. Tommy Lee giró el timón y dio gas a fondo.

Pero el barco siguió avanzando hacia el Nido. La potencia del motor no logró alterar la dirección de la embarcación ni un solo grado.

Sosteniendo la posición del motor con la pierna, Tommy Lee levantó el rifle y dirigió la mirilla al codo de la criatura, que sobresalía por el costado de la embarcación. En cuanto esta se levantara y saliera del agua (si es que podía levantarse), Tommy Lee le dispararía.

De pronto le pareció que el bote avanzaba demasiado despacio. «Más rápido, más rápido», pensó. Cada pocos segundos tenía que secarse el sudor de las manos y la frente.

La barca se acercó al Nido, pero por una vez no había caimanes. Todos los nidos parecían abandonados. Tampoco se oía ningún pájaro, aunque sí otra cosa: un canto —no había otra palabra para definirlo— agudo, áspero, que no se parecía a nada que hubiera oído antes. Echó un vistazo a las hierbas altas y entre los troncos de los cipreses del Nido, pero no vio nada. En ese instante se fijó en dos montículos de hierba seca que parecían casi dos cabañas lo bastante grandes como para que un hombre corpulento se metiera a gatas entre los densos matorrales y oyó una segunda voz. De entrada cantaba al unísono con la primera, pero al cabo de unos instantes se ramificó en una melodía propia, con un timbre ligeramente distinto. La barca se acercaba cada vez más al gran montículo de hierba seca, macizos de ciprés y malezas enmarañadas.

En ese momento, y sin previo aviso, la barca viró y se colocó en paralelo al montículo, donde pasó por delante de media docena de nidos de caimán vacíos. En algunos de ellos Tommy Lee distinguió varios huevos. ¿Desde cuándo abandonaban los caimanes sus huevos? Ahora podía oír claramente las dos voces. A través de la mirilla del rifle identificó su ubicación en el montículo; estaba bastante seguro de sus posiciones en medio de la hierba alta y se preguntó si debía disparar. Sin haber tomado la decisión de forma consciente, armó el rifle y estaba ya a punto de apretar el gatillo cuando lo sobresaltó el sonido de algo que salía del agua: una tercera voz que se unió a ese canto, una voz borboteante al principio, pero que pronto se volvió tan clara y prístina como las otras dos. Entonces Tommy Lee vio una gran cabeza, plana y perfectamente lisa, asomando por encima del borde de la barca. No vio sus rasgos, ya que miraba en dirección opuesta a la suya.

Tommy Lee acercó el arma hasta que el cañón estuvo a menos de medio metro de la nuca de aquella cabeza reluciente.

—¡Nerita! — gritó una voz procedente de la hierba alta.

La cabeza desapareció bajo el agua.

Sin pensar, Tommy Lee giró el rifle y apuntó al lugar del que había salido la voz. Apretó el gatillo y el rifle se disparó; el retroceso lo lanzó dolorosamente contra el motor. La criatura que había estado arrastrando la embarcación la había soltado, pues el motor lo propulsó lejos del montículo.

Tommy Lee agarró el timón y se alejó a toda velocidad, no por donde había venido, sino rodeando el Nido y rumbo a la granja de Gavin Pond. Con el rifle apoyado en el regazo, tiró la caja de cerveza y las revistas por la borda y no miró atrás ni una sola vez.

Se negó a mirar atrás no por miedo a lo que pudiera ver, sino por miedo a lo que había visto.

Lo que se había levantado de detrás de uno de

aquellos dos montículos de hierba, en el centro del Nido, no era otra criatura, otra de esas cosas gris verdoso con ojos saltones, una boca ancha y sin labios y una cabeza redonda y lisa. Era Elinor Caskey, una anciana, una anciana que él conocía muy bien, con el rostro retorcido por el miedo, gritando «¡Nerita!». Y era Elinor Caskey a quien Tommy Lee había disparado. La bala había dejado un agujerito negro en su pecho desnudo.

Cuando llegó a la granja, arrastró la barca entre los juncos, al borde del pasto nuevo; bajó de un salto y se hundió en el barro. Atravesó apresuradamente la valla de alambre de espino en el límite del pasto y corrió hacia la casa arrastrando el cañón de la escopeta.

Aunque esa mañana el sol había salido en un cielo despejado y la radio había pronosticado buen tiempo para todo el día y el siguiente, había empezado a chispear, y para cuando Tommy Lee llegó a la casa ya llovía a cántaros. Al saltar de la barca llevaba las botas y los pantalones cubiertos de barro seco, pero la lluvia lo reblandeció y lo mezcló con el barro encharcado del borde del patio de ladrillos. Sudaba por el miedo y el esfuerzo; el agua caía con ganas y empapó la ropa hasta que Tommy Lee ya no olía, notaba ni sentía nada más que la lluvia. Tommy Lee tenía arañazos y sangraba por una decena de sitios, pero con la misma rapidez con la que sangraba, la lluvia le limpiaba la sangre y la hacía tamborilear sobre la tierra.

14
Lluvia

Ahora llueve, una lluvia que impresiona menos por su intensidad que por su insistencia, que anega los patios de arena que rodean las casas de los Caskey sin un momento de respiro en toda la mañana, toda la tarde y toda la noche. Billy Bronze oye la lluvia al levantarse de la cama y la sigue oyendo durante todo el día —marcado por la tristeza— y hasta la noche, cuando sucumbe a un sueño afligido. Esta no disminuye nunca, ni tampoco aumenta, lo que con optimismo podría interpretarse como la oscuridad que precede al alba. El agua corre por el tejado y por todos los lados de la casa, desbordando los insuficientes canalones, y cae sobre los escalones de la entrada en una cortina de agua lo bastante pesada como para aplastar un paraguas. Desciende en cascada por los parterres que bordean la casa, cavando zanjas profundas y arrancando bulbos y tubérculos. Golpea con fuerza contra alféizares y ventanas, perfilando cien mil cuadraditos opacos en las mosquiteras oxidadas.

La lluvia es un trueno incesante, inexorable e inquietante, más fuerte que cualquier conversación, más fuerte que la música, más fuerte incluso que el autobús de Mobile, que pasa por la carretera a las cuatro y cuarto. La lluvia obliga a Billy a tratar de identificar patrones y ritmos, que se descomponen en cuanto los detecta. El sonido de la lluvia borra sus pensamientos mientras se mece en uno de los columpios del porche del piso de arriba; pero eso (se le ocurre justo antes de rendirse y dejar de pensar) está bien, porque no le gusta recordar que Elinor Caskey yace moribunda en su habitación.

Billy no sabe cómo esta llegó a casa y tampoco se lo ha preguntado. Lo único que sabe es que a última hora de la tarde, cuando apenas había empezado a llover, Zaddie llamó a la puerta de su despacho y le hizo una seña. Entonces lo acompañó hasta el dormitorio de Elinor, y allí, en la cama, vestida aún con un vestido empapado y rodeada por el intenso olor del Perdido, yacía Elinor Caskey. Esta apartó la parte superior de la blusa y, a uno o dos centímetros del corazón, Billy vio un agujerito negro de bala.

—Sujétame las piernas —le ordenó a Billy.

Este se sentó a los pies de la cama, obediente, y presionó los tobillos de Elinor con las dos manos. Zaddie rodeó la cama y se apoyó sobre las rodillas de Elinor. Billy no tenía ni idea de qué estaba pasando.

—¿Habéis llamado al médico? —preguntó—. ¿Dónde está el médico, Zaddie?

—No quiero a ningún médico —repuso Elinor.

—¡Podrías morir! —protestó Billy.

—Voy a morir —aseguró Elinor con tono solemne.

—¿Quién te ha disparado? —preguntó Billy—. ¿Qué ha pasado?

Elinor no respondió y contempló la herida con la cabeza recostada sobre dos almohadas. Entonces juntó el pulgar y el índice y los introdujo en el pequeño orificio negro. Siseó con los dientes apretados y todo su cuerpo se retorció entre convulsiones. Si Billy y Zaddie no hubieran estado sujetándole las piernas con tanta fuerza, se habría dado la vuelta o incluso se habría caído de la cama.

Finalmente, entre gritos y gemidos de dolor, Elinor logró extraer la bala.

Siguió jadeando durante unos minutos, con el pequeño proyectil de plomo dentro del puño apretado. Zaddie le secó la frente con un paño.

—Ha sido Tommy Lee —dijo Zaddie.

—¿Por qué? —preguntó Billy, atónito.

—Lo ha hecho sin querer —susurró Elinor—. No ha sido culpa suya.

—Elinor, tenemos que...

—No «tenemos que» nada —lo interrumpió esta—. Me quedaré en esta cama hasta que me muera, y tú y Zaddie me vais a proteger.

—¿Protegerte? —preguntó Billy— ¿De qué?

Hubo un largo momento de silencio.

—Billy —dijo Elinor tras reunir las fuerzas necesarias para volver a hablar—, quiero que hagas dos llamadas telefónicas. Quiero que llames a Tommy Lee y le digas que venga al pueblo, que tengo que hablar con él. Y luego quiero que llames a Miriam y le digas que estoy enferma y que venga a verme mañana. No llames a nadie más. Si llamas al médico, me negaré a recibirlo y no volveré a hablar contigo. ¿Entendido?

Billy asintió e hizo lo que le había pedido.

Tommy Lee llegó esa misma tarde y entró en la casa mojado, avergonzado, visiblemente arrepentido y muerto de miedo. Billy lo acompañó a la habitación de Elinor y se hizo a un lado, esperando con curiosidad para ver qué le decía esta.

Pero Elinor echó a Billy y a Zaddie de la habitación y se quedó a solas con Tommy Lee. El chico volvió a salir al cabo de unos minutos, más apesadumbrado aún que cuando había llegado a la casa. Se apresuró a salir bajo la lluvia, se subió a su camioneta y se marchó volando por la carretera inundada.

—Tenía que asegurarme de que no va a decir ninguna tontería —dijo Elinor más tarde—. Tommy Lee no dirá nada; una cosa menos de la que preocuparnos.

Miriam llegó al día siguiente, como Elinor le había pedido. Para entonces esta estaba más débil, pero tenía un aspecto más presentable. Zaddie la había bañado y le había puesto un camisón y una mañanita bordada. La lluvia seguía cayendo.

—Mamá, tienes un aspecto horrible —dijo Miriam.

—Me voy a morir, Miriam.

—¿Pronto, quieres decir?

Elinor asintió con la cabeza.

—Solo quería que supieras que todo está en orden: el testamento y todo lo demás. Billy está al corriente de todo.

—Bien —dijo Miriam—. Aunque yo ya sabía que cuando llegara el momento estarías preparada. —Miró a su madre con atención—. ¿Estás segura de que ha llegado el momento?

Elinor volvió a asentir en silencio.

—Pues lo siento —dijo Miriam bruscamente—. Lo siento de verdad.

—Te creo —respondió Elinor.

—¿Zaddie y Billy cuidan de ti? —preguntó Miriam—. ¿Necesitas algo? Puedo mandar a Malcolm...

—Sí, quiero que tú y Malcolm hagáis algo por mí.

—¿Qué?

—Una última petición, Miriam.

—No te prometo nada, mamá, pero ¿de qué se trata?

—No quiero que estés aquí cuando muera. Quiero que tú y Malcolm os marchéis del pueblo hasta que me haya muerto.

—¡Anda ya! Mamá, no puedo dejarlo todo, abandonar el aserradero y...

—Sí, puedes. Y lo vas a hacer. Te irás y no volverás hasta que esté muerta. De todos modos, tampoco querrías estar aquí, atendiéndome.

—No sería yo quien te atendería —señaló Miriam—. Pero ¿adónde quieres que vayamos?

—Id a visitar a Lilah. O a Houston. Si realmente tenéis que quedaros en la zona, instalaos con Grace y Lucille; Dios sabe que tienen espacio de sobra.

—Mamá, ¿por qué no quieres que Malcolm y yo estemos aquí?

—Tengo mis razones —respondió Elinor—. Y son buenas. Vete, Miriam. Vete esta noche. O mañana, pero no más tarde.

—Bueno —dijo Miriam—, todavía no lo he prometido. Antes tengo que hablar con Malcolm.

—Malcolm hará lo que tú digas.

—Mamá —dijo Miriam con cierta delicadeza—, ¿cuánto tiempo calculas que tendremos que estar fuera Malcolm y yo?

—Miriam —repuso secamente su madre—, lo que te he dejado en mi testamento va a compensar las molestias.

A la mañana siguiente, Miriam volvió a la casa con Malcolm y se despidieron rápidamente de Elinor. La lluvia seguía cayendo.

—Tendrías que ver la que está cayendo ahí fuera, Elinor —dijo Malcolm, sacudiendo la cabeza—. El agua está a punto de llevarse el patio entero por delante.

—¿Adónde vais a ir?

—A un lugar seco —dijo Miriam.

—Primero a Houston unos días y luego a Nueva York —dijo Malcolm—. Y más tarde, no sé.

—Bueno, pues adiós —dijo Elinor, que se incorporó débilmente, tomó la mano de Malcolm y se la apretó—. Pórtate bien con Miriam —añadió.

Malcolm se echó a reír.

—¡Lo que tienes que hacer es decirle a ella que se porte bien conmigo!

Miriam se arrodilló junto a la cama; cogió la otra mano de Elinor y la acercó a su seno. Entonces se inclinó y besó a su madre en la mejilla. Cuando se apartó, vio una lágrima en los ojos de Elinor.

—Mamá —dijo—, es la primera vez que te veo llorar.

Elinor esbozó una débil sonrisa.

—Es la primera vez que me das un beso.

Miriam se levantó.

—Adiós, mamá.

—Adiós, cariño —respondió Elinor—. Pórtate bien con Malcolm. Seguramente se lo merece.

Zaddie aguardaba ante la puerta de la planta baja y entregó los paraguas a Miriam y a Malcolm antes de que salieran al porche.

—¿Me llamarás? —le preguntó Miriam en voz baja, y Zaddie asintió en silencio. Malcolm acompañó a su mujer hasta el coche. Estaba a apenas diez metros, pero para cuando llegaron, y a pesar de los paraguas y de su paso presuroso, ya estaban empapados por la lluvia.

La lluvia cae incesantemente sobre Perdido desde hace siete días, casi setenta centímetros de precipitación en total. Al principio, para la mayoría, esta inclemencia persistente no fue más que un pretexto para quejarse (por una vez con motivo) del tiempo. Los comerciantes de Perdido estaban seguros de que la lluvia disuadía a los clientes de ir al centro, y para los agricultores, que acababan de terminar la siembra de primavera, fue un verdadero desastre. Los plantones habían quedado aplastados en la tierra o habían sido arrastrados a través de los surcos de labranza hasta quedar flotando apelmazados en las zanjas de drenaje. Las semillas sin germinar se habían podrido bajo la tierra. Y con cada día que se prolongaba la lluvia, aumentaba el temor de los habitantes del pueblo, pues ya no se trataba simplemente de la molestia de los paraguas y los periódicos empapados, ni de la reducción de los ingresos por ventas, sino de la amenaza de otra inundación.

En realidad, que lloviera en Perdido o no era lo de menos; lo verdaderamente preocupante eran las precipitaciones que caían en los vastos bosques del noreste y el noroeste del pueblo. El agua que se recogía allí bajaba por la suave pendiente del terreno hasta los cauces del Perdido y el Blackwater y hacía crecer los ríos desde sus fuentes hasta la confluencia, detrás del ayuntamiento de Perdido. En otras palabras, aunque en los bosques el agua y la humedad no molestaran a nadie, si seguía lloviendo allí era muy posible que Perdido terminara inundándose.

Después del cuarto día de lluvia, los informes meteorológicos de la emisora de radio de Perdido e incluso los de las cadenas de televisión en Pensacola y Mobile, ambas bien alejadas del peligro, habían empezado a informar de la altura de los ríos junto con la precipitación diaria y los totales acumulados. Al séptimo día de lluvia llegó un ingeniero del ejército procedente de Fort Rucca para inspeccionar los diques del Perdido, pues el nivel del agua era ya más alto que en cualquier otro momento desde 1919.

El ingeniero bajó de su todoterreno en lo alto del dique, justo detrás del ayuntamiento, hurgó en la tierra con una pala, arrancó unas cuantas zarzamoras del terraplén, miró con sus prismáticos a través de la lluvia, hacia la orilla opuesta de los ríos desbocados, e hizo lo posible por ignorar las preguntas del alcalde, que había insistido en acompañarle en aquella operación de reconocimiento.

Desde la casa del alcalde, donde lo habían invitado a comer, el ingeniero telefoneó a Fort Rucca y le pidió a su superior que bajara a Perdido esa misma tarde. De hecho, le dijo, era mejor que saliera de inmediato. El alcalde y su esposa escucharon aquella conversación con inquietud, y se preocuparon aún más cuando el ingeniero del ejército les preguntó en qué lugar del pueblo podía aterrizar un helicóptero.

A las dos menos cuarto, el ingeniero del ejército (y todos los funcionarios municipales) vieron cómo el helicóptero descendía a través de la lluvia hasta un espacio que se había habilitado en el aparcamiento del ayuntamiento. Del aparato bajaron un coronel y dos hombres más, uno de ellos vestido de civil. Después de estrechar la mano del alcalde, montaron en el todoterreno del primer ingeniero, que rechazó de forma tajante la oferta del alcalde de acompañarlos.

A las cuatro y media, los cuatro hombres se presentaron en la casa del alcalde, en la calle Live Oak —situada en un terreno bajo—, y le informaron de que el dique no era seguro y podía romperse si el agua llegaba a un nivel superior a los diez metros. En ese momento los ríos habían alcanzado ya los ocho metros y medio. Tanto el alcalde como su esposa y la cocinera —que escuchaban desde la cocina— se quedaron atónitos y quisieron saber cómo era posible que el dique, que había protegido Perdido durante más de cuatro décadas, supusiera de pronto un peligro: siempre se había considerado la construcción más sólida del pueblo.

—Hay puntos en los que el dique está muy débil —explicó el ingeniero encogiéndose de hombros—. En algunos lugares se ha quemado parte de la vegetación y el dique se ha erosionado. Otras partes no se construyeron bien desde el principio. Incluso hay una grieta cerca de la vía del tren, al lado de la confluencia. Falta mantenimiento.

—Nunca ha habido el presupuesto necesario —se excusó débilmente el alcalde.

El ingeniero volvió a encogerse de hombros.

—¿Qué podemos hacer? —preguntó entonces el alcalde.

Quien habló ahora fue el coronel. Miraba por la ventana, donde la lluvia caía sin parar. Estaba incómodo, con el uniforme empapado y el estómago revuelto tras el viaje en helicóptero.

—Enviaré a algunos hombres. Empezarán a llegar entre esta noche y mañana. Pueden intentar apuntalar el dique, llenar sacos de arena, evacuar a la gente si es necesario y demás. Aunque no le puedo prometer nada; no le puedo prometer que vaya a servir de nada. Lo único que le puedo prometer es que van a dejarse la piel para salvar este pueblo.

—Para salvarlo... —repitió el alcalde con un susurro alarmado—. ¿Y qué pasa si el dique se rompe? —añadió con voz temblorosa.

—Bueno —dijo uno de los otros ingenieros, un hombre más joven y poco habituado a las sutilezas de las evasivas y las mentiras piadosas—, si el agua lo rompe en un punto se llevará consigo una parte más grande del dique. Un muro de agua se precipitará sobre el pueblo y para entonces más vale que ya haya sacado a su gente de aquí, porque no quedará nada ni nadie en el camino del agua. La riada entrará tan rápido que habría sido mejor no haber construido el dique.

El hombre estaba en lo cierto, pero el coronel y los demás ingenieros lo fulminaron con la mirada: su objetivo no era asustar al alcalde, sino persuadirlo de la conveniencia de evacuar el pueblo.

—El hospital... —dijo el coronel—. ¿Dónde está el hospital?

—En una zona elevada —respondió la esposa del alcalde, que apareció con café y toallas.

—Menos mal —dijo el coronel, y nada más.

Nadie en Perdido se había dado cuenta de que Elinor Caskey llevaba diez días sin salir de su casa. Hacía diez días que llovía sin cesar y Perdido no pensaba en otra cosa que en eso. Algunas familias habían sacado a sus hijos de la escuela y los habían enviado con sus abuelos, a lugares donde no llovía y donde no había peligro de inundación. A quienes tenían casas de playa en Gulf Shores o en Destin los asaltó un deseo repentino de visitar esos lugares, aunque abril era aún bastante temprano para la temporada de playa. Por sugerencia de Billy Bronze, los Caskey reunieron todos los archivos importantes del aserradero y los trasladaron discretamente a la granja de Gavin Pond. Aunque se encontraba a menos de un kilómetro del río, la granja estaba situada en un terreno mucho más alto que Perdido y era poco probable que se inundara. A continuación, Tommy Lee fue a casa de Elinor y se llevó también los archivos del despacho de Billy. Y así, un día tras otro y poco a poco, Tommy Lee fue trasladando todo lo que era importante para los Caskey (incluidas las cajas de joyas del fondo del tocador de Miriam) a la granja de Gavin Pond. Grace y Lucille habían hecho tantas ampliaciones en la casa a lo largo de los años que había espacio de sobra para guardarlo todo.

Después de visitar a Elinor en su cama, Tommy Lee no la volvió a ver. De hecho, cuando él y Escue fueron a la casa a recoger una serie de documentos del despacho de Billy, Tommy Lee pasó apresuradamente por delante de la puerta de su dormitorio.

Lucille y Grace sí fueron a visitar a Elinor, una única visita de estado, breve y bastante formal.

Lucille, que cada día se parecía más a Queenie —a la que ya superaba en diámetro—, se asomó a la ventana y miró al exterior. A través de la cortina de agua que caía del tejado, Lucille vio los troncos ligeramente retorcidos de los robles acuáticos que Elinor había plantado antes de casarse con Oscar. Oyó el crujir de las ramas bajo el peso del agua y en una ocasión, tras un «crac» húmedo, vio cómo una rama enorme, sin hojas y podrida, se desprendía de la copa del árbol y caía sobre la lámina de agua que cubría ya el patio con un fuerte chapoteo. Lucille no quería mirar a Elinor. Tommy Lee ya les había dicho que se estaba muriendo.

Grace acercó una silla al lado de la cama.

—Tommy Lee dice que te estás muriendo —señaló Grace—. ¿Es verdad?

Elinor asintió con gesto grave.

—Sí, me estoy muriendo.

—¿Te duele? —preguntó Grace.

—Sí —dijo Elinor.

—¿Hay algo que Lucille y yo podamos hacer?

—No —dijo Elinor—. Bueno, sí. Hay una cosa.

—¿Qué? —dijo Lucille, volviéndose de inmediato. Se sentía impotente y se alegró de saber que podía hacer algo por Elinor.

Esta habló en voz baja, pero con tono directo.

—Decidle a Tommy Lee que no fue culpa suya.

Grace y Lucille intercambiaron una mirada.

—¿Él cree que lo fue? —preguntó Grace, y Elinor asintió—. ¿Qué te pasa, Elinor?

Pero esta negó con la cabeza.

—Solo aseguraos de que Tommy Lee sepa que no fue culpa suya.

Lucille estaba a punto de hablar, pero Grace se le avanzó:

—Lo haremos —dijo rápidamente y con firmeza—. No fue culpa suya —repitió, como para que el mensaje quedara claro.

—Estás cansada —dijo Lucille con tono solícito—. Volveremos mañana.

—No —dijo Elinor—. Despedíos ahora.

—¡Tienes que dejarnos volver! —exclamó Lucille.

—Quedaos en la granja —insistió Elinor—. No volváis al pueblo.

—¿Por qué no? —preguntó Grace.

—Porque el dique se va a romper —aseguró Elinor—. Y no quiero que os quedéis atrapadas.

Lucille miró sin querer por la ventana hacia el terraplén cubierto de arrurruz, más allá de las encinas.

—¡No se va a romper, Elinor!

—¿Estás segura? —le preguntó Grace a Elinor, ignorando los vanos deseos de Lucille. Elinor asintió—. Entonces te llevaremos a la granja. Allí estarás segura. Lucille, empieza a preparar una bolsa para Elinor.

—No —dijo Elinor—. Me quedaré aquí.

—¿Y que se te lleve la riada? —preguntó Lucille, pero Elinor se limitó a sonreír.

—¿Y qué hay de Billy y Zaddie? —preguntó Grace—. ¿Qué les pasará a ellos si se rompe el dique? Deberías dejar que te llevaran a la granja. ¡Tenemos espacio de sobra!

—Estoy cansada —dijo Elinor débilmente—. Despedíos de mí y volved a la granja. Allí estaréis a salvo.

Lucille y Grace se colocaron junto a la cama y se cogieron de la mano.

—¡No puedo decirte adiós! —exclamó Lucille—. ¡Ay, Elinor, no me hagas decirte adiós!

—Adiós, Lucille. Queenie estaba muy orgullosa de ti. Todos estamos orgullosos de ti.

Lucille se dio la vuelta y empezó a llorar en voz baja.

—Adiós, Elinor —dijo Grace.

—Abre el cajón de arriba —le indicó Elinor—. Y saca la caja que está justo enfrente.

Grace lo hizo; dentro había el collar de perlas negras de Elinor.

—James se lo dio a Genevieve —dijo Elinor—. Y ahora es tuyo.

—No —dijo Grace—. No me lo puedo llevar.

—Mary-Love se quedó con todas las demás joyas de Genevieve. Ahora las tiene Miriam, y dudo mucho que renuncie a ellas. Llévate el collar, Grace.

—Prefiero esperar —dijo esta en voz baja.

—No puedes esperar. Cuando muera, no dejaré nada —aseguró Elinor, echando un vistazo a la habitación, y sonrió—. No va a quedar nada. Si no te lo llevas ahora, el collar se perderá para siempre. Y no me gustaría nada pensar que va a ocurrir eso.

Grace asintió y guardó la caja de perlas en el bolso.

—De todas las personas que había en Perdido cuando llegué, ya solo quedas tú —dijo Elinor—. Es difícil creer que estén todos muertos.

—Me acuerdo —dijo Grace—. Me acuerdo de que solía sentarme en tus rodillas en la iglesia de la señora Driver. Y también de cuando viniste a vivir con papá y conmigo.

—Ha pasado tanto tiempo. Eras tan pequeña entonces, una niñita remilgada...

Elinor se rio débilmente.

—Te quería mucho, Elinor —se limitó a decir Grace—. Siempre te he querido. Y te sigo queriendo.

—Me duele tener que despedirme —respondió Elinor—. Sobre todo de ti.

Grace se inclinó sobre la cama y abrazó rápidamente a Elinor. Entonces se levantó, se enjugó los ojos y salió de la habitación. Lucille la siguió.

—¡Adiós! Adiós! —exclamó Elinor débilmente, hasta que su voz quedó ahogada por la lluvia, que golpeteaba contra las ventanas de la casa.

El undécimo día de lluvias, el Cuerpo de Ingenieros del Ejército de Estados Unidos aconsejó oficialmente a todos los residentes de Perdido que evacuaran el pueblo y se trasladaran a terrenos más elevados. Muchos ya lo habían hecho, y los que habían decidido quedarse, confiando en el dique y en su propia suerte, se replantearon si debían permanecer en un lugar que podía quedar arrasado en cualquier momento. Los más curiosos y temerarios subieron al dique y se asombraron al comprobar la altura del agua. La arboleda de robles siemprevivos del norte de la confluencia no era ya más que un lago negro cubierto de monumentales cúpulas verdes. Los bosques del noroeste de Perdido estaban inundados y era imposible talar nada en un radio de quince kilómetros alrededor del pueblo. Al noreste, el pantano donde nacía el río Blackwater hacía tiempo que había desbordado sus límites, y la carretera entre Perdido y Atmore estaba cerrada. Al sur del pueblo, el Perdido duplicaba su anchura habitual; los arbustos y arbolitos de las orillas estaban anegados, y las aguas negras habían arrancado de raíz varios de los árboles más grandes.

La Guardia Nacional llevaba tres días en Perdido, reforzando el dique con sacos de arena y llamando a las puertas de todas las casas para asegurarse de que los residentes fueran conscientes del peligro. Todas las tiendas del centro habían cerrado y se habían cargado camiones con la mercancía, que almacenarían temporalmente en terrenos más elevados. El aserradero de los Caskey había cerrado también —por orden de Miriam, que se encontraba ya en Nueva York— y la mayoría de los trabajadores habían abandonado el pueblo. Habían cargado en camiones toda la madera y otros productos madereros almacenados en los alrededores y los habían trasladado a Bay Minette, no porque Bay Minette fuera un lugar conveniente, sino porque la carretera al suroeste era la única que parecía segura en caso de inundación. Incluso se había instalado una sirena en la sala que había debajo de los relojes del ayuntamiento, cuyo sonido debía avisar de que el dique se había roto.

Aquella sirena, más que ninguna de las otras evidencias, terminó de convencer a los más escépticos de Perdido de que el pueblo corría verdadero peligro. Esa gente consideraba que la Guardia Nacional intentaba siempre mantener a sus hombres ocupados, ya fuera cargando sacos de arena o con cualquier otra actividad. El Cuerpo de Ingenieros del Ejército de Estados Unidos siempre andaba buscando alguna excusa para exhibir músculo y declarar que tal o cual construcción era insegura y peligrosa. El alcalde siempre aprovechaba cualquier oportunidad para dárselas de hombre importante y capaz. Los sacos de arena, las advertencias de los ingenieros y el frenético ajetreo del alcalde se podían ignorar, pero aquella sirena en la sala debajo de los relojes del ayuntamiento no. Los ríos habían llegado ya a los nueve metros y medio, y todo el mundo (o casi todo el mundo) abandonó el pueblo.

Habían trasladado todos los pacientes del hospital de Perdido a Bay Minette y a Mobile. Pero el hospital estaba en un terreno elevado, y los miembros de la Guardia Nacional dormían ahora en sus camas. Estaban convencidos de que el pueblo había sido evacuado por completo.

El agua había ido debilitando los pilotes del puente que cruzaba el río desde el centro del pueblo hasta Baptist Bottom, y la tarde del duodécimo día de lluvia el puente se desprendió. Los soportes del lado de Baptist Bottom fueron los primeros en ceder y la corriente arrastró el puente hacia el sur, en medio de unos crujidos y chasquidos espantosos. Dos desafortunados miembros de la Guardia Nacional estaban cruzando el puente en ese momento, después de que su todoterreno quedara atascado en medio de un charco enorme en Baptist Bottom. Los dos hombres echaron a correr y saltaron hacia el dique justo en el momento en que el puente se desprendió por completo. Uno de ellos logró alcanzar la orilla, pero el otro resbaló con el barro del dique y cayó al agua. Logró agarrarse por un instante a un pilote retorcido del puente que aún sobresalía del agua, pero cuando intentó trepar fuera del alcance de la riada le resbalaron las manos. El ruido del puente al romperse y desmoronarse era ensordecedor; la lluvia incesante que caía del cielo negro era cegadora. El miembro de la Guardia Nacional que había logrado trepar al dique sano y salvo oyó los gritos de su amigo, agarrado precariamente a aquel pilote inclinado, y a continuación lo vio desaparecer entre las aguas, arrastrado por lo que le parecieron dos largos brazos terminados en unas manos palmeadas.

La tarde del duodécimo día de lluvia, Billy Bronze estaba sentado a oscuras en el porche del primer piso. Las pantallas de las mosquiteras estaban opacas por el agua de la lluvia, que salpicaba la barandilla que rodeaba parcialmente el porche y que seguía cayendo a raudales desde los aleros de la casa.

Estaba sentado a oscuras porque ahora, por las noches, él y Zaddie no encendían ninguna luz más que la de la habitación de Elinor, donde las cortinas estaban bien cerradas. La Guardia Nacional había pasado por allí hacía tres días, y Billy les había prometido que se marcharían en una hora. Zaddie había ido por toda la casa cerrando todas las puertas con llave y corriendo las cortinas, como si tuvieran la intención de evacuar. Pero Elinor no quería irse, y Zaddie y Billy no tenían intención de abandonarla.

De pronto, casi por primera vez, a Billy se le ocurrió que aquella muestra de lealtad podía costarles la vida a él y a Zaddie. Si el dique de detrás de la casa cedía, esta terminaría arrastrada por la riada y ellos dos morirían ahogados o aplastados por los escombros.

Lo consideró durante un tiempo, no por miedo, sino más bien para pasar el tiempo. En cierto modo, no parecía que Elinor le estuviera pidiendo tanto, y él, desde luego, no tenía intención de discutir con ella sobre el asunto. Incluso en el caso de que ella muriera antes de que se rompiera el dique —aun cuando ya estuviera muerta en ese momento, pensó, mirando por encima del hombro—, seguramente él y Zaddie se quedarían junto al cadáver hasta que la lluvia amainara y los ríos se retiraran. O hasta que el río rompiera el dique. En cualquier caso, no sería correcto sacar el cuerpo de Elinor bajo la lluvia.

Se quedó sentado, meciéndose lentamente en el columpio, y aunque ya era tarde no aguzó el oído por si oía aquellos pasos lentos y sigilosos que subían por la escalera para visitar a Elinor. Frances y Nerita (porque ahora Billy llamaba a aquellas visitas por su nombre) no se habían dejado oír por la casa desde que Elinor apareciera con el agujero de bala en el pecho. No habían vuelto desde el día en que la lluvia había empezado su asalto a Perdido.

Billy se levantó y entró. Daba un poco de miedo estar en una casa que se suponía vacía, en un pueblo que había sido evacuado, sabiendo que la sirena, si es que sonaba, lo haría solo para avisarlos a ellos, que de todos modos no harían caso de su advertencia. Billy se sentía como un intruso en aquella casa oscura y silenciosa. Solamente la habitación de Elinor, donde ardía una única lámpara prendida con aceite de pino perfumado (y que permanecía siempre encendida, durante las negras noches y los oscuros días de lluvia), le parecía un consuelo. Y en esa habitación había una anciana moribunda.

Estaba a punto de girar el pomo de la puerta del salón de Elinor cuando le pareció oír un sonido al fondo del pasillo, un ruido que no era ni la lluvia ni el crujido de los muebles, algo tan sigiloso como los pasos de Frances en su día. Billy no se detuvo, sino que empujó la puerta del salón y entró. Acostumbrado desde hacía tiempo a la oscuridad, la línea de luz que bordeaba la puerta del dormitorio de Elinor le pareció cegadora. Aguardó unos instantes hasta que sus ojos se acostumbraron a la claridad, y entonces entró.

Delgada y pálida, con aspecto de anciana y sin rastro de maquillaje desde hacía tiempo, los ojos cerrados y las débiles manos encorvadas y apoyadas en las mantas pulcramente dobladas, Elinor Caskey yacía en el centro de la cama. Era la fiel imagen de una mujer moribunda, como un viejo grabado, bello y sentimental, del aspecto que debía tener ese momento. Zaddie, que dormía en un catre junto a la cama, se removió en sueños cuando entró Billy. Entre los dos no habían dejado a Elinor sola ni un momento.

Elinor abrió lentamente los ojos y, al ver a Billy, sonrió.

—¿Cómo estás? —le preguntó en voz baja.

—Pobre Billy —respondió ella—. Ya no tendrás que esperar mucho más.

Billy se encogió de hombros y se sentó en el borde de la cama. Elinor no tenía fuerzas para mover las manos, pero él vio que temblaban y se las agarró.

—Esta noche os quedaréis conmigo —dijo Elinor—. Tú y Zaddie, los dos. Durante toda la noche, ¿me oyes?

Billy frunció las cejas, pero prefirió no discutir. Si había aceptado la negativa de Elinor a ver a un médico y a ingresar en el hospital, ¿iba ahora a oponerse a un detalle tan insignificante?

—Zaddie —dijo Elinor—. Despierta.

Aunque Elinor la había llamado con apenas un susurro, Zaddie se despertó al instante.

—¿Señora?

—Ve abajo y prepara algo de comida para ti y Billy. No te preocupes por las luces, esta noche no va a haber nadie ahí fuera. Luego vuelve a subir. Ve, anda, y no te entretengas.

Zaddie hizo lo que le pedían. En cuanto se fue, Elinor le dijo a Billy:

—Saca la caja de llaves que hay en el segundo cajón de la cómoda y busca las de la puerta del salón y de esta habitación.

Entonces cerró los ojos, como si pronunciar siquiera aquellas palabras le hubiera supuesto un esfuerzo enorme.

Nunca habían cerrado la puerta del salón con llave, ni tampoco la de aquel dormitorio. Billy lo sabía. Probó una decena de llaves antes de encontrar las dos que hacían girar los bombines de las cerraduras correspondientes. Entonces esperó ante la puerta del salón a que volviera Zaddie. Al cabo de un momento, esta subió las escaleras con una bandeja con bocadillos y cerveza. Billy le abrió la puerta y le susurró:

—Voy a por mis gafas. Vuelvo enseguida.

Cruzó el pasillo hasta su propia habitación, buscó a tientas el estuche encima de la cómoda y trató de pensar si iba a necesitar algo más, pero no se le ocurrió nada. Entonces se asustó al oír, por encima del ruido de la lluvia, dos voces. Venían del interior de la casa y no pertenecían a Elinor y a Zaddie; eran las de una mujer y un niño, y procedían de la habitación delantera.

Billy se metió las gafas en el bolsillo de la camisa y, sin pensarlo, se dirigió a la puerta del corredor de la ropa de cama. Giró el picaporte sin hacer ruido y la abrió lentamente. Al principio, aquel pasillo cerrado y sin ventanas estaba a oscuras, pero entonces Billy vio que la puerta del extremo opuesto empezaba a abrirse. Allí, bajo la tenue luz que inundaba la habitación delantera, logró distinguir a una anciana con la mano en el pomo. Billy no la reconoció. Junto a ella había un niño al que tampoco reconoció. La anciana esbozó una sonrisa débil, señaló a Billy y empujó al niño hacia el pasillo. Este, con las manos extendidas ante él, avanzó a trompicones por entre las estanterías de sábanas y toallas hacia él.

Billy cerró la puerta de golpe, salió corriendo de su habitación y cruzó el pasillo sin volver la mirada. Entró a trompicones en el salón y cerró la puerta. Sacó la que creía que era la llave correspondiente del bolsillo y la metió apresuradamente en la cerradura. La llave no giró. La sacó de un tirón y probó con la otra. Esa sí funcionó, pero antes incluso de que apartara la mano, Billy vio cómo el pomo de la puerta empezaba a girar.

—Largaos de aquí —susurró.

Entró corriendo en el dormitorio de Elinor, cegado una vez más por la luz. Cerró la puerta con cuidado y echó también la llave. Elinor abrió lentamente los ojos y le dirigió una mirada tan astuta que Billy no pudo evitar preguntar:

—¿Quiénes eran?

—Mary-Love —respondió Elinor.

—¿La madre de Oscar? Pero murió antes de que... —empezó a decir, pero dejó la frase colgada—. ¿Y el niño?

—Se llama John Robert DeBordenave. Vivía en la casa que hay al lado de la de James.

—¿Cuándo? —preguntó Billy.

—Hace mucho tiempo. ¿Verdad, Zaddie? —dijo Elinor con una sonrisa—. ¿Te acuerdas de John Robert? Cuando tú y Grace erais pequeñas, Mary-Love quería que Grace jugara con él en lugar de contigo...

—A John Robert le faltaba un hervor —le dijo Zaddie a Billy, como si eso pudiera explicar por qué Zaddie era vieja y John Robert parecía no tener más de diez años.

—¿Hemos cerrado la puerta por ellos? —preguntó Billy.

Elinor cerró los ojos, como si no quisiera malgastar las pocas energías que le quedaban respondiendo preguntas tan obvias.

—¿Y ahora qué hacemos? —quiso saber Billy.

—¿Ahora? —repitió Elinor—. Ahora toca esperar.

Zaddie y Billy hicieron compañía a Elinor hasta bien entrada la noche. Billy había cogido su silla y la había trasladado de la puerta a un lugar cercano a la ventana. Sentado cerca de la puerta, podía oír el sonido lejano e implacable de algo que la arañaba desde el lado del salón. Cerca de la ventana, en cambio, no oía nada más que la lluvia.

A medida que Elinor se iba debilitando, parecía que la lluvia caía cada vez con más fuerza. Zaddie y Billy aguardaron sentados, observando en silencio mientras Elinor Caskey se aproximaba lentamente a la muerte. Esperaron a que esta llegara, o a que dejara de llover, o a que el aullido de la sirena recorriera el pueblo, elevándose por encima del estruendo del agua que caía, aunque tanto Zaddie como Billy sabían que era muy posible que el agua llegara sin aviso.

De repente sonó un fuerte estruendo procedente

de la habitación contigua, y sin tiempo siquiera para comprender que lo que acababan de oír era el ruido de la puerta del salón al romperse, Billy y Zaddie vieron cómo el pomo de la puerta del dormitorio empezaba a girar, primero despacio y luego de forma frenética. Pero no sirvió de nada, y pronto los arañazos y los golpes empezaron a sonar más cerca, justo al otro lado de la puerta.

Billy y Zaddie se miraron y luego miraron a Elinor. Tenía los ojos abiertos y el rostro sereno.

—Dadme las manos —les susurró.

Zaddie tomó la mano izquierda de Elinor, y Billy Bronze le tomó la derecha.

Ambos se inclinaron para escuchar sus palabras. La lluvia repiqueteaba con fuerza en las ventanas. Los golpes en la puerta del dormitorio eran incesantes y habían adquirido un ritmo demencial.

—Adiós, Billy. Te has convertido en mi hijo.

Billy no dijo nada, pero apretó con más fuerza la mano lacia de Elinor.

—Adiós, Zaddie. Fuimos buenas la una con la otra, ¿verdad?

—Sí, señora —respondió Zaddie—. Desde luego que lo fuimos.

Empezaron a retumbar los truenos; la lluvia azotaba la casa, con cada trueno se redoblaban los golpes contra la puerta de la habitación y por encima del fragor se oyeron dos alaridos: uno de frustración, justo al otro lado de la tambaleante puerta de la habitación, y otro que se expandió por todo el pueblo cuando la sites telefónicos, árboles y casas. Construcciones enteras quedaron reducidas a astillas de madera del tamaño de un palillo. Algunos edificios vieron cómo el agua se llevaba la primera planta y cómo habitaciones enteras, aún amuebladas, se desplazaban por la superficie de la inexorable marea negra hasta estrellarse contra un árbol o algún otro edificio, convertidas en instrumentos de destrucción.

Al este del pueblo, el dique se rompió justo detrás del aserradero de los Caskey, unos cien metros antes de que el Blackwater llegara a la confluencia. Ese río era más pequeño y tenía menos fuerza de la que tenía el Perdido debajo de la confluencia, pero aun así causó daños inmensos. Los almacenes de Caskey, dependencias, oficinas, camiones e instalaciones de almacenamiento de combustible primero se inundaron y luego, o bien se hicieron añicos, o bien fueron arrancados del suelo y arrastrados hasta Baptist Bottom, donde, una a una, como si Dios hubiera desplegado un mapa municipal y hubiera marcado sus escasas viviendas en una secuencia perversa, las casas y todas las pertenencias de la pobre gente que había vivido allí quedaron aplastadas bajo toneladas de agua negra y escombros. Se habían roto varios depósitos de petróleo y ahora la superficie de la riada estaba cubierta de una lúgubre película tornasolada.

Y la lluvia seguía cayendo en cascada sobre aquella escena de destrucción.

Apostados en el tejado del hospital, unos guardias nacionales miraban a través de sus prismáticos. La oscuridad no les permitía ver nada, y su primer indicio de que los diques habían reventado fue el ruido explosivo del agua abalanzándose repentinamente sobre el pueblo. Ese fue el momento en que la sirena empezó a ulular, pero no sonó más que unos segundos, pues inmediatamente después el pueblo se quedó sin electricidad. Entonces, sin más preámbulos, el agua se dispuso a borrar Perdido de la faz de la tierra.

El dique que había detrás de las casas de los Caskey resistió, pero no supuso mucha diferencia. Antes de que el dique reventara en el centro del pueblo, el agua había empezado ya a desbordarse por encima del terraplén. Las aguas negras se deslizaron por entre las enredaderas de arrurruz y cubrieron los patios con una lámina de agua que crecía con cada minuto. Cuando el dique del centro del pueblo terminó de derrumbarse, el nivel del agua aumentó aún más deprisa, pero entre las casas de los Caskey y la grieta principal había una pequeña colina residencial y varios rodales de árboles gruesos que mantuvieron los escombros a raya. Solo llegó el agua: olas que rompieron contra los cimientos de la casa de Elinor y, más tarde, contra las ventanas del primer piso, haciendo estallar las vidrieras del salón delantero, inundando las habitaciones, arremolinándose bajo las patas de los muebles y colándose en las chimeneas, donde arrancaron años de ceniza y hollín acumulados. El agua se filtró por entre las tablas del suelo de todas las habitaciones, volcando muebles delicados, aplastando pequeños objetos contra las paredes, arrastrando todo tipo de escombros de una habitación a otra. El agua subió por las escaleras hasta el primer piso. Y todo ello en la oscuridad, sin más ruido que el estruendo continuo de la lluvia en el exterior de la casa.

Pero la lluvia ya había empezado a amainar.

En el piso de arriba, Elinor Caskey yacía muerta.

En el momento de su muerte, las terribles apariciones en la puerta (Mary-Love y John Robert) simplemente se habían desvanecido. Ya no estaban allí. La puerta, maltrecha, rota, se había cerrado por sí sola. Zaddie seguía sentada en el borde de la cama, sosteniendo aún la mano de Elinor. Billy se acercó a la puerta y la abrió. Se asomó, pero no vio nada. Atravesó el salón y salió al pasillo. Lo único que se oía era el chapoteo del agua en la planta inferior; se inclinó sobre la barandilla y miró hacia abajo. La riada cubría los primeros peldaños. El agua negra tenía ya un metro de profundidad en la planta baja y seguía subiendo.

Volvió al dormitorio de Elinor y miró por la ventana. En el patio, el agua había alcanzado los dos metros y Billy vio cómo se desbordaba por encima del dique.

Volvió junto a la cama y tomó la otra mano de la difunta Elinor.

—No creo que podamos salir de aquí, Zaddie —dijo, y Zaddie asintió con la cabeza.

—La señora Elinor me dijo, hace mucho tiempo:

«Zaddie, ese dique aguantará hasta que yo muera, y entonces el agua arrasará el pueblo» —afirmó con orgullosa solemnidad.

Se sentaron y esperaron, y la lluvia fue amainando poco a poco. El efecto de aquel silencio era inquietante, mucho más que el hecho de estar sosteniendo las manos de una mujer muerta, más inquietante que los sonidos procedentes del piso inferior, donde los muebles golpeaban las paredes y el techo de las habitaciones de la planta baja.

Al cabo de un rato, Zaddie bajó la mirada y levantó los pies para comprobar algo. Efectivamente, la alfombra estaba empapada.

—Ya ha empezado a filtrarse —comentó, y Billy se limitó a asentir: ya lo había visto.

Zaddie y Billy esperaron con una paciencia infinita, sin pensar ni una sola vez si alguien iba a rescatarlos y sin tratar de salir. De vez en cuando Billy se volvía hacia la ventana y miraba para ver si el amanecer estaba ya cerca, pero el cielo seguía completamente negro. Aún estaba cubierto de nubes, pero ahora estas pasaban sin descargar.

Zaddie y Billy estaban sumidos en sus propios pensamientos, y las manos de Elinor se fueron enfriando entre las suyas. Finalmente, la luz del amanecer empezó a filtrarse por la ventana. El agua había alcanzado ya más de medio metro de profundidad en el dormitorio, y hacía ya rato que Zaddie y Billy habían puesto los pies encima de las sillas. Pequeños objetos entraban flotando desde el pasillo; como animalitos curiosos, se daban una vuelta por la habitación y volvían a salir flotando. Cuando el amanecer se hizo fuerte, unos golpes más insistentes que los demás desperezaron sus sentidos adormilados.

—¿Qué es eso? —preguntó Zaddie, pero Billy negó con la cabeza.

—Algo que golpea contra el lado de la casa, nada más. Imagino que casi todo en el pueblo estará flotando ahí fuera; me sorprende que no se haya colado ningún poste de teléfono por la ventana.

Aquel golpe sonó dos veces más, en rápida sucesión. Parecía insistente.

Billy soltó lentamente la mano de Elinor y se la dejó sobre el pecho. Entonces se acercó a la ventana y miró hacia afuera, parpadeando a contraluz.

—¿Qué es? —preguntó Zaddie.

—Un bote —dijo Billy como si nada—. Alguien ha dejado un bote amarrado a la ventana. Vamos, Zaddie —añadió, volviéndose hacia ella—. Es hora de marcharse.

—No podemos dejar a la señora Elinor —protestó Zaddie.

—Sí, sí podemos —dijo Billy. Entonces cruzó la habitación y salió al pasillo a través de la sala de estar—. ¡Frances! —gritó, con un tono ni vacilante ni tímido, sino con total confianza en que esta estaba allí. No hubo respuesta, pero Billy siguió hablando—. Frances: Zaddie y yo nos vamos ahora. Cuida de Elinor, ¿de acuerdo?

Volvió a entrar en el dormitorio sin esperar respuesta. Zaddie estaba inclinada sobre la cama, con la mejilla apretada contra la de Elinor, fría y consumida.

—Estoy lista, señor Billy —dijo.

Billy fue hasta la ventana. Sacó la mano, acercó el bote y, con cierta torpeza, se subió a él. Entonces se agarró al alféizar y trató de mantener la barca estable mientras Zaddie, con aún más torpeza, se metía en ella.

Sin perder un segundo, Billy soltó la barca y empezó a remar para alejarse de la casa. Zaddie, sentada en la popa, se volvió para mirar hacia atrás, pero Billy dijo:

—No. No lo hagas.

Sin embargo, su propia mirada no se apartó de la ventana abierta por la que habían salido. Y lo que vio a través de esa ventana lo hizo llorar mientras remaba.

Y así fue cómo aquella mañana que amaneció sobre la destrucción de Perdido, Billy Bronze y Zaddie Sapp se alejaron remando lentamente hacia tierra firme.

Índice

Esta obra se terminó de imprimir
en el mes de diciembre de 2024,
en los talleres de Impresora Tauro, S.A. de C.V.
Ciudad de México.

rena del ayuntamiento comenzó a ulular: el dique había reventado.

La puerta del dormitorio se abrió de golpe, y Zaddie y Billy vieron a Mary-Love y John Robert, blancos, pálidos, muertos.

Elinor cerró los ojos.

—Adiós —susurró entonces, sin prisa y sin miedo, y se fue.

El dique cedió en dos puntos a la vez. El ramal occidental del Perdido, donde había estado el puente, siempre había sido un punto débil. Al desgarrarse, el puente se había llevado consigo varias toneladas de arcilla compactada, y el agua, fluyendo en pacientes y tenaces remolinos, había tenido varias horas para socavar el dique. La erosión había abierto surcos cada vez más profundos hasta que finalmente, justo a las tres y media de la noche, el agua de los ríos Perdido y Blackwater combinados se abrió paso por completo. En cuestión de segundos, todas las tiendas de la acera este de la calle Palafox se vieron arrastradas hasta el otro lado de la calle, contra las tiendas de enfrente. En apenas un minuto todo eran astillas, fragmentos de cristal y montañas de papel ennegrecidas por el agua. Los medios de vida materiales de tantos comerciantes se convirtieron inmediatamente en un ariete de escombros que salió proyectado contra el resto del pueblo, en una decena de direcciones diferentes a la vez. La riada arrasó con todo, destrozando calles y arrollando pos-